时代代

2018—2022
SHIDAI XINREN SHUO

新人说

中共天津市委宣传部 编

天津出版传媒集团

天津人民出版社

图书在版编目（CIP）数据

时代新人说：2018—2022 / 中共天津市委宣传部编
. -- 天津：天津人民出版社，2023.10
　　ISBN 978-7-201-19832-3

　　Ⅰ.①时… Ⅱ.①中… Ⅲ.①演讲—中国—当代—选
集 Ⅳ.①I267

　　中国国家版本馆CIP数据核字(2023)第181541号

时代新人说（2018—2022）

SHIDAI XINREN SHUO(2018—2022)

出　　版	天津人民出版社
出 版 人	刘　庆
地　　址	天津市和平区西康路35号康岳大厦
邮政编码	300051
邮购电话	(022)23332469
电子信箱	reader@tjrmcbs.com

策划编辑	王　康
责任编辑	郭雨莹
特约编辑	郑　玥
装帧设计	明轩文化·王　烨

印　　刷	天津海顺印业包装有限公司
经　　销	新华书店
开　　本	710毫米×1000毫米　1/16
印　　张	12.75
字　　数	80千字
版次印次	2023年10月第1版　2023年10月第1次印刷
定　　价	78.00元

前　言

伟大时代呼唤伟大精神，崇高事业需要榜样引领。党的十八大以来，天津广大党员干部群众立足本岗、扎实工作，在新时代新征程中奋勇争先，书写精彩的奋斗故事，涌现出许多引领潮流的时代新人。为大力弘扬他们的先进事迹，在全社会营造爱岗敬业、团结奋斗、自信自强的浓厚社会氛围，从2018年起，中共天津市委宣传部会同有关单位组织开展"时代新人说"系列主题演讲大赛，千余名一线工作者走上舞台，以真实的事例、鲜明的主题、真挚的情感、多样的形式，讲述了感人故事，彰显了平凡力量，"时代新人说"已成为天津群众性活动的特色亮点品牌。

为进一步讲好时代新人的奋斗故事，展现时代新人的良好风貌，发挥典型人物先进事迹的示范引领作用，唱响"强国复兴有我"的时代主旋律，我们集中梳理了近四届"时代新人说"主题演讲比赛优秀选手的演讲稿，以此为主要内容，并配以相关图片、视频（扫码观看）等多样素材汇编成册，供全市广大党员干部群众特别是青少年学生群体学习使用。

目 录
CONTENTS

2018年
时代新人说——奋斗

扫码观看

为中国"智"造而奋斗

讲述人 齐俊桐

现任一飞智控（天津）科技有限公司董事长

我始终相信，一个有梦想的人，要想实现梦想，最好的方式，就是去奋斗。

我身边这台无人机，它有个代号——"鸢凤"，这是我们最新研发的一套专门用来进行末端运输的无人机，它能在十几分钟内完成10千米范围内的货物运输。这样的方式解决了很多偏远山区的末端运输问题。

在中国科学院的那段时间，我带领团队创造了不少国内无人

无人机"鸾凤"

机的首次应用，特高压直流输电线路跨越淮河空中架设，至今保持着最长长度的世界纪录。而我本人，也在31岁时有幸成为当时中国科学院最年轻的研究员和博士生导师。

但是，所有的经历中对我影响最深的，既不是这些光环，更不是所谓的"专家"荣誉，而是一次毕生难忘的回忆……

2013 年，雅安发生地震，我带领团队签下军令状，带着设备，直奔雅安。我们用无人机为国家地震救援队开展的搜救活动收集空中数据。三天三夜的时间里，一群年轻人基本没有长时间的睡眠，经历了数次余震，半夜下雨帐篷进水，经过的悬崖峭壁一天前因落石导致一名志愿者牺牲，这些困难都没能阻拦我们。当看到老百姓都拿出手机用仅剩的电量拍摄他们心中的无人机救援"英雄"时，我所有的困意和疲惫都消失了。当看到乡亲们期

齐俊桐（右一）在四川雅安碧峰峡镇
执行空中搜索排查任务

待有更多批量化的设备能为他们邻村、邻乡的亲戚朋友更早进行救援的时候，我觉得自己做的还很不够……

这次经历对我触动很大，使我第一次感受到了科技工作者肩头的一份责任！于是，带着这份责任和使命，我走上了将无人机产业化、规模化的创业之路。一个故事，七八杆"枪"、十来个人、借来的几十平方米的办公室和50万元启动基金，这是当时仅有的创业资本。值得高兴的是，付出换来了回报，我们仅用了3年时间，从七八个人成长为近200人的团队、从借来的几十平方米的办公室到近10000平方米的研发中心，产值每年增长300%，

齐俊桐（右二）在敏捷蜂Ⅲ型无人机数字化生产线指导工作

2018年5月 世界智能大会无人机表演秀

估值提高100倍!

2018年5月,天津举办了令科技界瞩目的第二届世界智能大会。在天津站海河广场,我们用400架无人机为世界带来了一场炫酷的无人机编队穿越

7

齐俊桐（中）团队研发生产的敏捷蜂II型无人机创造了
"最长时长无人机表演的动画"吉尼斯世界纪录

大秀……看着业界专家的赞叹、看着天津市民刷爆的微信"朋友圈"，我们无比自豪！我们让世界知道，代表天津的不仅是多元的文化和可口的美食，更有智慧的技术、智慧的产业、智慧的人民！

今天我站在这里，必须要感谢这个时代！我是借助改革开放和"双创"的红利成长起来的。未来，我们也将紧跟改革的步伐，根植天津、立足中国、放眼全球，充分享受天津为智能创新企业创造的机会和提供的土壤，承担好这个时代赋予我们的责任，开拓创新，为实现中国"智"造梦而努力奋斗！

扫码观看

携手家乡父老
共筑幸福梦园

讲述人 | 孟凡全

现任天津市蓟州区穿芳峪镇小穿芳峪村党支部书记

　　蓟州古渔阳，素号山水乡。东北三十里，有峪曰穿芳。入山不见村，惟有树苍苍。山山有流泉，流多源并长。

　　这首诗描绘的是我的家乡——蓟州区小穿芳峪村。我叫孟凡全，现在是村支书兼村主任。诗里的美景在我成年的时候，已经看不到了。

　　这是十多年前的照片，那会儿，村里垃圾遍野、破瓦寒窑，是区里最穷的村子之一。大家都外出谋生，我也"下海"经营了

9

村庄原貌

村庄新貌

自家的园林企业。

现在我们村什么样？大家看，这就是我们的新家园。只用了6年，我们村就发生了这样的变化。今天，我就给大家讲讲我们的奋斗故事——就叫"小山村变形记"吧！

2012年，村里几名老党员到市里来找我，想让我回村当村党支部书记。老书记的一句话让我至今难忘："凡全，你沾了改革开放的光富起来了，能不能让父老乡亲们也沾点你的光？"当时我也犹豫，回村工作，我这摊儿买卖怎么办？但是生我养我的家乡成了贫穷落后的代表，我心里很难过，于是我决定，回村！2012年8月27日，我全票当选了村党支部书记。

在上任大会上，我说，只要大家信我，我想干3届，不仅要摘掉"脏乱差"的帽子，还要搞好经济、创出效益，我们村以后得是蓟县（现蓟州区）最好的村！经济该怎么搞上去呢？绿水青山就是金山银山。我们就在这绿水青山上搞旅游！既保护好生态环境，又要走出一条发展新路子：第一，我们种树，种各种苗木，不但让村里的绿化率提高了，还能把苗木卖了挣钱。第二，搞旅游公司，农家院统一设计，一步到位，跟别的村区别开，我们做就做中高端的!

我们村儿还有一个特点,文化底蕴丰厚,在历史上,很多文人都在小穿芳峪村这住过,留下了很多文化遗产。我们请来天津社科院的专家学者帮我们挖掘"穿芳文化"。借这些沉睡中的文化,走文化兴村的道路,践行习近平总书记的指示——让中华优秀传统文化实现创造性转化!

我们这6年都有哪些成绩呢?我们有AAA级景区、我们有美丽宜居村庄的称号、2017年我们村人均年收入达到了3万多。村民们赚钱了,干事儿的劲头更足了!

有人问我,这些年最大的困难是什么?其实最难的,就是让这些只知道种地的农民学会经营副业。这得有个过程。举个例子,2017年我们搞了冰雪游,叫小穿雪乡,那时大多村民持观望的态度,不确定能否挣钱,所以当年只有16户入股。结果因为我们看准了市

村庄旅游业——舞龙表演

小穿雪乡

村庄的苗木绿化

场，雪乡做成了！2018年，马上就要开始第二届雪乡了，有47户村民入了股，我们雪乡的规模和服务肯定有更大的提升。

我们的冰雪游马上就要开始了，诚挚地欢迎朋友们来游玩！给我们留下珍贵的建议、支持和鼓励！谢谢大家！

扫码观看

用责任与坚强
寻求生命的意义

讲述人

赵红艳

现任天津市武警特色医学
中心消化内科主治医师

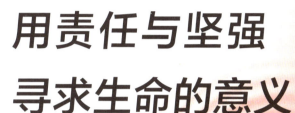

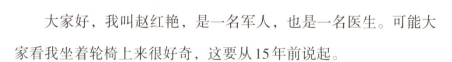

　　大家好，我叫赵红艳，是一名军人，也是一名医生。可能大家看我坐着轮椅上来很好奇，这要从15年前说起。

　　2003年，"非典"肆虐，我作为一名军人、一名医生，冲到最前线，但是我倒下了。经过3年的挣扎和调整，我对自己说：当初有可能就牺牲了，死都不怕，还怕什么？2006年底，我向医院表示我要上班。既然回到了工作岗位，我就要按时上下班，认真完成本职工作。无论刮风下雨，春夏秋冬，我从没请过一次

赵红艳在工作岗位上学习

假。身体不便去厕所，我每天就只喝一杯水；炎炎夏日，我穿着秋裤，就为了能开空调让患者凉快一点。每天我都是上午7点半左右上班，中午1点能离开门诊就算早的。

每一位患者我都会给他们一张医患联系卡，把我的出诊时间、联系电话都写在上面，现在又建立了医患微信群，方便了患者有事咨询。记得有一名老患者的岳母突发心梗，急需手术，钱又没带够，打电话向我求助，当时都晚上十点多了，我已经躺下，急忙起来开着代步车来到医院，帮他交了一万元手术押金。后来我每天身上都会带一两千块钱，这种应急的事常有。岁月匆匆，如今轮椅上的我，已在诊桌前度过了十几个春秋，平均每天接诊100人次。累积接诊患者三十余万人次，没有一起投诉和医疗纠纷。

人心换人心，真情换真情。2016年中央电视台播放了我的事迹，一位河南的老中医和天津的马虹医生知道后就一直给我提供无偿的治疗。2016年以后，我终于可以睡整夜觉了，终于可以简单地走平路了。我从半天坐诊，到一天、两天，直至现在每周六天都坐诊。并且领导给我成立了赵红艳特色门诊、赵红艳特色病区，除了门诊还有四十多张病床周转，床位使用率一直在100%。每次查房，代步车进不了病房，患者都拉我坐在床旁给他们调整治疗方案。四十多名患者从头查到尾，累并感动着。我应该是唯一一个坐着查房的医生。

我受益于公益，必须回馈于公益。除了本职工作，

赵红艳为病人看病

我还带领一群有心做公益的朋友在天津市残联的领导下成立了红艳慈善基金，一直为残疾人做些力所能及的事情。每年六一儿童节我们会给残疾孩子带去健康查体大礼包，冬日送温暖，夏日送凉爽，为困难残疾家庭捐款建屋，每周六红艳慈善医疗队都要参加天津站学雷锋义诊活动。

这十几年，我经历了生与死的考验，经历了肉体和精神的磨难，我对生命的意义有了更深的理解。今生，我可能无法要求生命的长度，但我希望生命有厚度。记得中国残联第七届主席团主席张海迪说过这样的一句话："如果有一天能让我自己写墓志铭的话，我会写上这里躺着一个不屈的海迪，美丽的海迪。"我希望将来我的墓志铭上也写上这样的一句话："这里躺着一个不屈的红艳，一个美丽的红艳。"

赵红艳慈善基金"医路暖阳"义诊活动在王卜庄镇田家庄村举行

镌刻时光
匠心筑梦

讲述人

李家琦

天津海鸥表业集团有限公司李家琦工作室原主任、中国钟表大师

　　大家好，我是李家琦，是天津海鸥表业的一名制表师，今天想通过三只手表讲述我的职业生涯。

　　我讲的第一只表不是海鸥表，是我母亲的一只进口手表，记得上高中时我不小心摔坏了母亲的这只表，当时我想自己维修，打开手表后盖后我很震惊，看到了许多很小的金属零件，这让我产生了很强的好奇心，难道就是这些小零件为我们提供了准确的时间吗？后来我对母亲说："不管我未来从事什么职业，我都一定要学会维

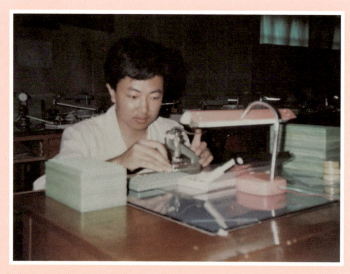

1981年李家琦在天津手表厂工作

修手表！"1981年，我真的来到了天津手表厂装配车间工作，一干就是12年。

1993年，因工作需要我被调到现在的部门（国家级技术中心）工作。2004年又被公司派往瑞士学习深造，在那里我有幸走进瑞士的手表厂参观，我看到的不仅是瑞士制表师精湛的技艺，还从他们身上看到了专心、专注、精益求精的工匠精神。这种精神深深地感染了我。

下面是我要说第二只表。2005年，按照单位的要求，我开发了中国制表界第一只双陀飞轮雕花镂空腕表。陀飞轮属于三大复杂机构之一，并且这表是两个陀飞轮，当时这只表的设计方案我用了近1个月的时间才完成构思和设计。手表表盘的图案以中国的祥云纹及西方的蔓藤草为主题，并将两种元素完美融合，这款表限量发售90只，所有镂空零件全部在我的工作室加工完成，成品表

双陀飞轮雕花镂空腕表

单只售价人民币22万元，其放大十倍的模型还在上海世博会展出过。

我的工作与生活是完全融为一体的，业余时我会用手机拍下每一个我认为有价值的图案，用笔记录每一个灵感的瞬间。有一天晚上出去遛弯，海河上的解放桥激发了我的创作灵感，在相关设计人员及我的团队的共同努力下，一款拥有解放桥、天津站等天津元素的腕表随之诞生。这只表以精密的机械传动结构，实现了表盘桥梁模型间隔2小时定时自动开启和闭合，每次开合时间为6分钟。这款表是海鸥制表史上首款表盘面带有动态图案显示的腕表。这款表在瑞士巴塞尔国际钟表博览会亮相时，引起同行及媒体的极大关注。据参展的同事讲，有许多记者举着摄像机、照相机守在这只表旁等待桥梁模型开启的那一刻，这是我要讲的第三只表。

近年来，我已参加了近百种海鸥手表的机芯精饰及雕花镂空的主设计和样机制作，为公司带来了良好的市场反响和经济效益，拥有国家授权专利120项。

解放桥纪念腕表

要幸福就要奋斗！每当我看到自己刚刚设计制造出来的样机，都是我最有成就感最幸福的时刻。改革开放四十多年，勤劳的中国人民用奋斗改变了社会，我用37年的奋斗改变了自己的人生轨迹，从一个普通的青年成长为全国劳动模范、国家级钟表大师，我未来的奋斗目标就是要让我们天津的"海鸥"飞进世界名表的殿堂，为实现中华民族伟大复兴的中国梦不懈奋斗！

扫码观看

打开真相的大门

讲述人 张忻鑫 现任天津市公安刑侦总队十三支队副支队长

血腥的犯罪现场、高度腐败的尸体，这些大家可能想想都会毛骨悚然的画面，却是我在工作中时常需要面对的场景。

可能有人会问了，你是刑警吗？对，我是，我是刑警队伍中的一名技术民警。我所在的天津公安刑侦局十三支队，主要负责全市重特大刑事案件的现场勘查和检验鉴定工作。每当有刑事案件发生，我们技术民警都是第一时间进入案发现场，发现和提取与犯罪行为相关的证据。一枚手印、一个足迹、一滴血迹，甚至

张忻鑫（右）登云梯勘查高层楼房高空坠落现场

一小撮毛发，这些非常细小的物证，都有可能成为破案的关键。

一天早上，110接报，有人在海河岸边发现一具女尸。接到命令后，我们第一时间赶到案发现场。尸体躺在河边的绿化带里，位置很隐蔽，周围没有任何视频监控。经过初步的勘查，我们判断这是一起强奸杀人案。但由于现场条件有限，想要提取到痕迹物证非常困难。几个小时过去了，我们没有发现任何有价值的线索。在确定了被害人的身份后，我们联系了家属。当我看到家属们震惊、悲痛的反应，听到他们撕心裂肺的哭喊时，我告诉自己，这起案件一定要尽快破，必须把作案人绳之以法。

验尸的时候，法医确定被害人是被扼颈窒息而死，也就是说被害人是被掐死的。这个时候我突然发现了一个问题：在死者的脸上有少

张忻鑫（右）与同事检验案件现场留下的足迹

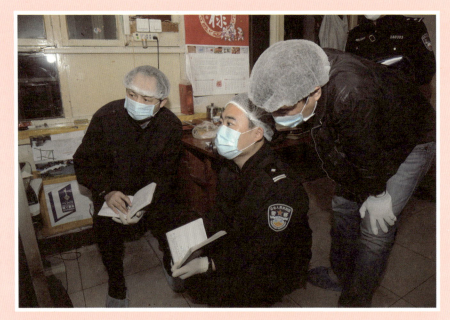

张忻鑫（中）与同事调取现场的监控录像

量的血迹。可是她全身上下都没有任何伤口。那这血是从哪来的呢？我一直认为，但凡现场有解释不了的现象，那就一定还有我们没有发现的细节。

于是我们又回到现场，进行地毯式搜索。突然，我们发现在距离尸体十几米远的一个草坑里，聚集着一大群蚂蚁。走近一看，是一个硬币大小的东西。我用镊子把它夹起来，感觉软绵绵的，很有弹性。我的第一感觉就是，这个东西很有可能跟这起案件有关。我带回去清理干净之后发现，这竟然是一小块舌头。可是死者的舌头并没有缺损，那么这块儿舌头又是谁的呢？当时我大胆推测，这块儿舌头应该是作案人的，是他在受到被害人强烈反抗的时候被咬下来的。这也正好解释了为什么被害人脸上会有血迹。这时，法医的一句话提醒了我，他说："通常这种程度的损伤，必须要经过缝合才能够有效止血。"于是我们立刻通知侦

张忻鑫（中）与同事查看现场监控录像资料

27

查部门，对市内所有医院和诊所进行布控。果然，就在案发的第二天，侦查人员在一家医院将正在治疗的嫌疑人抓获。通过DNA比对，现场发现的那块舌头和被害人脸上的血迹，正是这名嫌疑人的。证据确凿，案件成功告破。

说起"破案大师"这个称谓，我觉得它更应该属于天津公安这个集体，因为我们天津的命案破案率已经连续4年保持100%，这个成绩在全国是绝无仅有的，作为其中的一员，我无比骄傲。

"对党忠诚，服务人民，执法公正，纪律严明"是习近平总书记对公安工作提出的总要求。这16个字也为我们刑事技术民警指明了前进的方向，我们必将用扎实的工作，为平安天津和法治天津贡献出自己的力量！

为了老百姓的安居梦

讲述人

吕志刚

现任天津市红桥区住房和建设综合行政执法支队队长

我叫吕志刚，是土生土长的红桥人。1991年从部队退伍后，我就一直从事公房管理和棚户区改造工作。简单说，棚改就是让老百姓改善居住环境，让他们更有幸福感。

但是这棚改说起来容易，干起来难，你得设身处地为老百姓着想，得全身心投入才行。2016年，我被调到西于庄拆迁指挥部，西于庄当时是天津中心城区最大的棚户区。那儿的平房又矮又旧，一家四五口人挤在十几平方米的平房里，进门就是床，做

吕志刚在西于庄拆迁片进行入户动员

饭只能在屋外生炉子，几百户人家共用一个厕所。街坊们无奈地说："有点儿辙的早就搬走了，剩下的还住这里的大多数是没辙的，动迁难度太大了！"

我印象最深的一户是清河里林翠大姐一家，我和同事第一次上门动迁就被林翠骂出来了，同事抱怨："这家人也太不讲理了！"我没生气，但心里挺酸的。这家人日子过得太难了，一家三口挤在十几平方米的平房里，年近八十的老娘双目失明瘫痪在床，五十多岁的弟弟从小患强直性脊柱炎只能半躺，母子俩都靠林翠照顾。五十八岁的林翠，生活里没有一件顺心的事。让她搬迁你得先跟她交心，所以我隔三岔五就去一趟，每次去都不空手。一来二去，她让我进屋了，后来还给我倒水喝，但是一直没

拆迁户给吕志刚送上锦旗

松口，还是要两套一百平方米的装修好的大房子。说实话，我能理解她，谁都希望得到更多的补偿过更好的日子。但是这和政策不符啊，一万多户都等着搬迁呢，我偏向了她，别人怎么办呢？将心比心，我就一次次地给她讲安置政策，告诉她棚改得"一把尺量到底"，同时帮她对接残疾和低保帮扶政策，

林翠姐弟给吕志刚送的锦旗

让她家里的生活有更多的保障。为了让她能选到满意的新房，我开着自己的车陪着姐弟俩一处处看房，每次我跟同事抬着行动不便的弟弟上车时，弟弟总会跟我说："大哥，这次我们一定把房子挑好，不能让你再跑了。"我说："没事儿，选房是一辈子的大事，慢慢挑，也得让咱老娘满意。"就这样，原本态度强硬的林翠在2018年除夕前从十七平方米的平房里搬进了六十多平方米的楼房，遗憾的是，八十多岁的老娘没能赶上这件喜事。搬家的那一天，姐弟俩抱头痛哭，他们跟我说："盼了几十年的好日子终于实现了，老娘是笑着离开的。"

　　2013年，习近平总书记视察天津时提出，要"着力保障和改善民生"。棚改三年清零是市委、市政府对老百姓的庄严承诺。红桥区平房多，全市近一半的棚改任务在红桥。两年来，六百多名一线动迁干部没歇过一天班，每天不到现场去看看心里就不踏实，前面胡同的老李考虑得怎么样了，后边的王大娘周转房找好了没有，前两天交的那两处房拆了没有，这些事都在工作人员的脑子里装着，一刻也放不下。工作二十多年，我参与了红桥区大大小小的棚改工程，帮了不知多少户老百姓搬出危陋房、棚户房，住进新楼房，过上新生活。在我眼中，棚户区在一天天的缩小、再缩小。新的高楼大厦拔地而起，老城区再次焕发生机活力。我常说动迁人，动的是感情，迁的是家庭，凝聚的是人心。新时代，我将同所有的动迁干部一道，以担当作为的精神，把党的好政策贯彻好、执行好，为实现老百姓的安居梦，再苦再累也值得。

扫码观看

精心培育
评剧新苗

讲述人

田宝荣

现任天津市滨海新区文化馆党总支书记、馆长

　　大家好，我是滨海新区文化馆副馆长田宝荣。1991年，我从艺术院校评剧表演专业毕业，因为成绩很好又是科班出身，当时有知名的评剧院团想录取我做演员，这是我梦寐以求的，但转念一想，家乡也急需有知识、有专业的人才，经过一番思想斗争，我最终决定放弃到北京发展的机会，回到了家乡汉沽，成了一名基层群众文化工作者。虽然离开了舞台，但我心里始终没有放下对评剧的这份感情。这些年，评剧的传承发展遇到了很多困难，

田宝荣带学生在天津红旗剧院演出

我急在心里，发誓要把评剧这门艺术、把我们中华优秀传统文化继承好和发扬好。

我把全部情结寄托在了孩子们的身上。记得在2008年，汉沽电视台举办了仁和戏迷大舞台的比赛，我担任活动评委，其中一位最小的选手叫璨璨，当时她才两岁多，虽然唱得不标准，但一板一眼、一招一式学得还挺像样子。后来璨璨的家人找到我，希望我能给孩子做专业辅导。事实上，能够发现这样一位小戏迷，我兴奋极了，也正有此意！当即收下了这个徒弟。不过，璨璨虽然天资聪颖，但毕竟是个孩子，当时的教学情形我至今历历在目，她一会儿渴了、一会儿累了，要哄着才能学，还常常学了下句又忘了上句，要反反复复教许多遍才能记住一句，比如在一句评剧唱腔中，应该是这样的，但是璨璨就非要那样唱。为了纠正她，我得教十几遍。在漫长艰难的教学过程中，我也曾犹豫过，想过放弃，因为教孩子唱戏比想象的难度大多了，可是再想想自己刚工作时心中对评剧艺术传承的决心，就又燃起了心中的热情。功夫不负有心人，小璨璨在5

田宝荣在滨海文化中心指导拍摄评剧戏歌MV

岁那年获得了中国戏曲"小梅花金奖"。

那时候根本没有专业评剧培训机构，怎样才能培养出更多的"璨璨"呢？我决定在文化馆办个少儿评剧传习班！就这样，传习班开课了。最开始只有一两个四五岁的孩子来学习，我是一字一句、一招一式，掰开揉碎"哺乳式"的教学，慢慢的，这些孩子有了一定的评剧演唱能力，他们身边的同学亲戚看见后也都感兴趣了，都拉着孩子来找我学习评剧。这些聪明可爱的评剧小新苗名气很快就传开了。孩子们很争气，有十几名学员被北京、天津、河北等专业院校录取；有7名学员先后获得中国戏曲"小梅

田宝荣在汉沽大剧院演出前辅导学生

花金奖"。

有了这样的基础，我有了新的想法，为什么不能更大范围地推广评剧呢?于是我们从 2015 年开始，连续三年举办"滨海杯"评剧新苗交流展演论坛，邀请全国7省市评剧新苗汇聚滨海新区交流展示，并邀请评剧名家前来示范指导。今后，我会继续为全国评剧新苗搭建更多的技艺交流的平台，潜移默化地普及与传递评剧艺术的文化内涵，弘扬传承中华优秀传统文化，以实际行动切实担负起新时代的文化使命。

扫码观看

五大道上的讲"道"老人

讲述人 张振东 现任天津市和平区五大道历史志愿讲解员

"尊敬的嘉宾大家好，欢迎您来五大道参观游览，这里有风格各异的小洋楼两千余栋，堪称万国建筑博览馆！"

大家好，我叫张振东，退休前一直从事文化旅游工作，刚才大家听到的就是我在2004年写的关于五大道的第一篇解说稿。我深知传承文化的重要性，想继续发挥余热，于是加入了五大道志愿者讲解队伍，这一讲就是十几年。

十几年来，我一直不断地到档案馆、图书馆收集资料，到现

五大道小洋楼风景

在书写笔记四十余本，走遍五大道三百多处名人旧居，获得了大量的第一手材料，这些都是史书上不曾记载的。

例如，"远渡重洋苦求学，亮剑巴黎震四方"的著名外交家顾维钧，在抗日战争中动员自己的儿子参加飞虎队，让女儿参加抗日救护队，等等。每每说起这些故事，游客们都听得津津有味，很多游客甚至也因此加入了志愿者讲解队伍。到今天，我带出的志愿者有三百多人，我的儿子张大林也在这里做起了讲解员。志愿者们把自己多年潜心研究总结的历史文化知识毫无保留地传授给年轻人，让他们知道不忘历史，才能开创未来。

张振东为苗苗义工志愿者服务队讲述五大道的故事

　　每次讲解前，为了更生动地把游客带进五大道，我还编出了顺口溜：五千年的历史看西安——黄帝陵、兵马俑；两千五百年的历史看洛阳，那里是九朝古都；一千年的历史看北京；百年历史看天津，天津的缩影在和平，和平的精华就在五大道。来天津不来五大道，等于没来天津，来五大道听我们讲一讲，您会不虚此行。租界是耻辱，是帝国主义入侵中国的产物，随着时代的变化，租界已成过眼云烟，但建筑和记忆依然存在，只是老房子换了新主人。我们今天研究历史，就像习近平总书记说的：
"传承历史文化，维系民族精神……功在当代，利在千秋。"我们
要以史为鉴，不忘初心、牢记使命，面向未来、自强不息，才能
实现中国梦。

我曾经一天最多讲18圈，近九小时，总共讲解近万场，接待
游客十几万人次。我虽然已步入古稀之年，但只要新时代需要

张振东为观光团讲解五大道历史

我，我依然会奋斗在一线，仍然是时代新人！

"雄关漫道真如铁，而今迈步从头越"，我要以晚霞作朝霞，做好传帮带，在这1.28平方千米的热土上，去践行"奋斗在新时代"的承诺，我坚信，幸福都是奋斗出来的！我奋斗，我幸福！

扫码观看

以奋斗主旋律
奏响保卫蓝天之歌

讲述人　**杨　勇**　现任中新天津生态城党委常委、管委会副主任

大家好，我叫杨勇，是天津市生态环境局大气处处长。2013年，我从科研岗位投身到大气污染防治工作中，至今已是第六个年头了。提起"大气"两个字，大家都会想到雾霾，以前很多人见了我会问"最近还有雾霾吗？"现在大家更多想到的是"蓝天"，会说"最近天儿不错"。是啊，回想2013年，全市的$PM_{2.5}$浓度是96微克/立方米，而今年的平均数值是53微克/立方米，这在几年前是不敢想象的。

杨勇和同事们一起分析环境情况

　　在我们的微信群里，环保同事间的称呼是"战友"。这既因为我们要并肩打赢污染防治攻坚战，更因为我们的工作就是一场场充满艰辛的战斗。每个阖家团圆的日子，都是我们最忙的时候。2017年元旦凌晨，因为大雾，我们迷失在督查后的回家路上；2018年除夕，我们在紧盯空气质量数据。有同事说："别人看春晚，我们看烟囱，但好在心中有美丽蓝天相伴！"身边一个同事曾放弃高薪投身大气治理，干起活儿来不分昼夜，我问他图什么，他说是为了自己的女儿，也是为了每一个孩子都有更好的成长环境。

如今，随着我们加大环保宣传普及力度，越来越多的人主动了解并参与到环保工作中来，孩子们成为"小小环保局长"；志愿者们用他们的行动呼吁着绿色生活；在座的各位朋友不也是每周少开一天车，过年选择不燃放烟花爆竹吗？每一件小事都在为

蓝天贡献着力量。

作为环保人，我们有着"敢教日月换新天"的豪情壮志，但也有怕的时候，怕说起家庭。每到这时，我想每一个环保人脸上流露的，都会是愧疚。作为父母、儿女，谁不想多陪伴家人？6年来，我们几乎没有过完整的周末，没有时间辅导孩子的学习，难以照料生病的父母，但只要能看到大家仰望天空时的笑脸，看

杨勇和同事们检查环保设备

杨勇和同事们检测海河水质

到微信朋友圈晒出的一张张蓝天白云的照片，每一个环保人都会觉得，值了！

习近平总书记在全国环境生态保护大会上指出，现在到了有条件有能力解决生态环境突出问题的窗口期。市委、市政府也印发了《天津市打赢蓝天保卫战三年作战计划（2018—2020年）》，可以说，中央有要求，市里有部署，群众有期待。但当前我们仍

面临重重压力：京津冀及周边6省市，土地面积仅占全国土地面积的7.2%，却消耗了全国33%的煤炭，生产了全国43%的钢铁，正是这样的负荷遮挡了我们的蓝天白云。每当那种雾蒙蒙的天气再次出现时，我们都会深刻感受到责任的重大。

我是一个"70后"，"撸起袖子加油干"是新时代赋予我的职责，是作为一个时代新人的使命。我知道，历史只会眷顾坚定者、奋进者、搏击者；我知道，所有的目标都需要脚踏实地努力争取，需要用奋斗去实现。我将和全市环保人一起，和全市人民一起，砥砺前行，继续为蓝天而战！

扫码观看

努力工作　做党和人民满意的好老师

讲述人 马薇

天津财经大学理工学院原
教授 博士生导师

　　大家好，我是天津财经大学的老师马薇。我出生在一个教育世家，父母都是中学老师，从小我就跟随父母住在学校，可以说我是听着上课铃声长大的。耳濡目染，从小我的理想也是做一名老师，因为我觉得当老师可以帮助别人改变命运，更好地实现他们的人生价值。

　　1982年，我于南开大学数学系毕业，是改革开放后的第一批大学毕业生，那时候选择的机会很多，一些同学选择了出国发

马薇与研究生们在一起讨论课题

展，但我坚持了自己的理想，回到校园当老师，一干就是36年。

我其实没做什么惊天动地的大事儿，36年，我只做了一件事，就是坚持。一节课也不能落下！因为我的父母当老师时也是这样做的。我的父母生前无论病得多重都不让我影响工作，母亲每个学期开学的时候都会找我要课表，为了不影响上课，他们从来没有上课时给我打过电话。有一次父亲要做手术，他坚持不让我调课，说"你下课的时候手术就做完了"。我当时特别难受，但也听从了父亲的话，把课上完。还记得有一次，我不小心摔伤了，右手骨折。医生让住院手术，由于当时正值期末，我心里只有一个信念：课绝不能停！可怎么办呢？数学课离不开板书，右手动不了，

马薇参加学者沙龙活动，与学生们合影留念

马薇在阶梯教室为同学们讲授高数课程

　　我就开始在家里的墙上练习左手写字，竟然发现写得还可以。第二天我如常出现在教室里，一时间教室里鸦雀无声，孩子们那节课上得特别认真……顺便补充一句，那年学生的成绩也特别好。

　　即便在今年3月，父亲去世第二天，我也没有给学生停课。当时我就想，父亲是一名优秀的数学老师，就算是自己替他给学生上的最后一次课了，那天的课上得非常好。后来，学生们知道了这件事非常感动，他们说："将来一定要像马薇老师这样认真工作!"

作为一名教师,我想使学生懂得怎样简单的生活。让他们体会到学习的快乐是教师的责任,教师要有一颗安静的心。每当期末最后一节课下课的时候,教室里的掌声总是让我恋恋不舍。学生的掌声也让我知道自己做对了一件事,那就是认真教课。

马薇在研究生学位授予仪式现场与毕业生合影留念

　　作为一名新时代的教育工作者，我愿执着于教书育人，帮助学生扣好人生第一粒扣子，继续在平凡的岗位上鞠躬尽瘁、默默奉献，培养出更多担当民族复兴大任的时代新人！

2019年
时代新人说——我和祖国共成长

扫码观看

穿越世纪的接力

讲述人 现任天津市高级人民法院三级法官助理 **孙经纬**

在距离我工作地点三百多米的地方，有一座不太显眼的小院子，100年前的这座小院，见证了一个叫"伍豪"的有志青年"挽救中国、改造社会"的理想，也见证了一股年轻力量在津沽大地上的崛起。这座院子就是觉悟社的旧址，这名叫"伍豪"的青年就是我们敬爱的周恩来总理。

推开觉悟社的大门，时光穿越到1919年这个特殊的时间点，周恩来和他的社友们正在为国家和民族的未来积蓄力量，他们

"革心""革新",他们"自觉""自决",他们"励志""励行"。
他们手不释卷地阅读《新青年》,他们认真听李大钊讲马克思主
义,他们迫不及待地向世人介绍一个崭新的世界。此时的周恩来
在与北洋军阀的斗争中萌生了一种革命意识,一种职业革命家
情怀。

　　这是一封1922年3月,周恩来在旅欧求学时写给觉悟社朋友
的信。"我饭也没有吃饱,便忙匆匆地提笔要来回你们的信。"
"我现在要急于表现我现在一个人的直觉,要在这极匆迫——仅
五十分钟——的时候,将我的感想写出,免得过时飞去。""你们

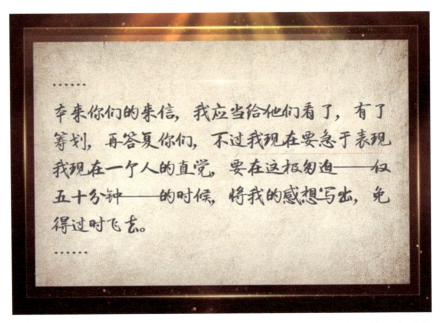

周恩来写给觉悟社朋友的信

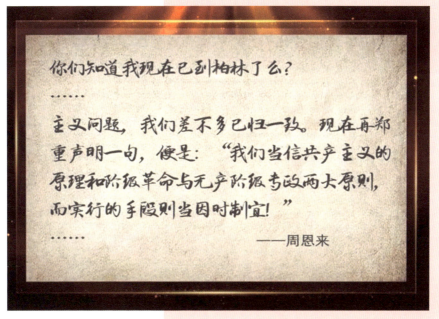

周恩来写给觉悟社朋友的信

知道我现在已到柏林了么？……
主义问题……现在再郑重声明一
句，便是：'我们当信共产主义
的原理和阶级革命与无产阶级专
政两大原则，而实行的手段则当
因时制宜！'"

　　24岁的周恩来在经过长时间
的思考后，在这一刻终于做出了

孙经纬在查看卷宗

矢志不渝的选择——以共产主义为自己的毕生信仰与奋斗目标。

我特别喜欢这封信，每当读这封信的时候，我感觉见到了一位年轻人，他有一件事情要急迫地告诉朋友，这份想要诉说的心情一刻也不能等待。在这一刻，他振奋激动，觉得浑身充满了力量。在以后漫长的岁月中，他记住了这一刻的心跳，并为此奋斗了一生。

他总是日理万机、彻夜批阅文件，忘记了吃饭、忘记了休息，而老百姓的事他一件也没有忘记；身患癌症期间他仍然坚持工作，甚至忘记了自己还是一个病人。那年少时立下的誓言他一刻也没忘记，他心心念念着老百姓，把人民放在心尖上。

我又一次站在南开校园的总理雕塑前，他说"我是爱南开的"，是南开厚植了他"愿相会于中华腾飞时"的爱国情怀。我不禁想起张伯苓老校长的"爱国三问"，"你是中国人吗？你爱中国吗？你愿意中国好吗？"这一刻，我仿佛看到了踏上南湖红船的共产主义先驱正在为一个伟大的政党的诞生握手庆贺，看到了无数仁人志士为新中国的成立披荆斩棘，看到了千千万万的老百姓为现代化建设挥洒汗水。

周恩来在24岁那一年立下了一生的誓言，而我在24岁那一年从法学院走进了法院工作。如果说周总理等老一辈的共产党人是创造新中国的人，那我们则是维护新中国正义的人！年轻的我们和先辈们一样，面对着很多社会问题，我们在各种价值和利益冲突中寻找平衡，最终找寻到光亮。老一辈共产党人的精神，穿越了一个世纪依然支持着我们的司法事业。我要掷地有声地喊出肯定的答案——我是中

国人！我爱中国！我愿意中国好！

我想对更多像我一样的年轻人说，朝气蓬勃的创新活力、英勇无畏的责任担当、积极热血的青春风采就是我们的标签，让我们不忘初心，牢记使命，传承红色基因，接过世纪接力棒，在逐梦路上且歌且行！

扫码观看

绿水青山梦
指引我前行

讲述人

安旭

现任天津市西青区绿邻
居社区服务中心主任

　　我叫安旭，是一个普通的环保志愿者，也曾是一家烧烤店的店主。我热爱自然，喜欢旅行，像所有喜欢大自然的人一样，经常到郊外、山野徒步。可能是经常接触大自然的原因，我非常喜欢清清的河水、绿绿的群山。

　　在1999年的某一天，我突然发现绿水青山难再觅，乡愁村音无处寻。我意识到自己应该做些什么，应该和我身边的人们一起做些什么。于是，就有了烧烤店的关闭；就有了迄今为止累计九

67

安旭在淄博市做垃圾分类讲座

千六百多小时的志愿服务时长；就有了二十年来，支持各种环保公益行动和运营达到七十余万元慈善经费捐助；就有了绿邻居环保志愿团队的建立；就有了三百余个社区乡村的环保宣传；就有了一万多千米的黑臭水体考察监测。

从2002年开始参加环保志愿服务以来，我秉承了这样的一个理念——想让水变绿、山更青，先得让人们的心里先绿起来。多年来坚持环保志愿服务活动，致力于培育社区环保志愿者，担任区"双创"市民巡防团鼓楼街团长，区创文形象大使，都是为了带动大家一起参与环保活动，接受环保理念。要让环保走进人心，那就要让环保更有意思一些，更接地气一点，让参与的人们在得到提升的同时也享受快乐。于是我和我的环保小伙伴们就深入研究和挖掘让公益活动和公益项目有趣有意思的形式：用"见

安旭与同事拍摄垃圾分类宣传视频

69

安旭组织万全小学同学进行垃圾分类宣传活动

圾行事"项目让机关学校的干部、学生知道怎么垃圾分类，用
"壹起分"社区垃圾分类宣传与实践项目推动社区居民参与垃圾
分类，还有绿邻居社区环保志愿者培育，和孩子们一起做"绿野
仙踪"项目，做社区"绿地图""植物说"，在自然教育课堂种植
"一米菜园"，让居民们在自己家能够种上吃上有机蔬菜，做"好

酵果"酵素让社区厨余垃圾减量，和社区妈妈们一起"社想线实"，用旧毛线装扮社区。现在我被社区居民亲切地称为"垃圾老师"。

从2016年起，我带领志愿者对天津市内的以海河、运河为主的13条河流进行守望保护，用徒步巡河，水情、河岸观察，水质检测，沿途宣传倡导等方式，见证了天津的河流扮美津城的景

安旭在滨海新区大神堂村海滩捡拾垃圾

安旭组织志愿者捡拾海河岸垃圾

象，也时时带动倡导普通市民，保护母亲河。几年之间行程一万余千米，巡河五十余次，用脚步丈量着家乡的土地与河流，挥洒着对环保公益的执着和对家乡的热爱。

党和政府给了我信任与荣誉，让我获得2017年天津市优秀志愿者称号，2017年学雷锋志愿服务"四个100"最美志愿者称号，

2019年生态环境部全国最美环保志愿者、"中国好人"称号。

作为普通环保志愿者，经常有人问我放弃自己的时间，做这么多事情，到底为什么呢？其实答案很简单，人的一生中总要做

安旭在先农大院组织志愿者进行公益捡拾垃圾活动

一些不是为了金钱的事情，总要尽一些应尽的责任，况且我也在其中享受到了无限的乐趣。

志愿行动带来了改变，带来了认可，也带给我人生新的高度。我愿意用我的一生来享受、来投入。人生有梦想的时候是多么充盈和幸福，当你能够为了你的梦想而行动的时候又是多么享受。为了美丽中国，我愿做一个行动者、推动者，把绿水青山作为人生奋斗的方向。

携父志　铸理想
做国家的好战士

讲述人　阿斯哈尔·努尔太　现任中国人民武装警察部队新疆维吾尔自治区总队某支队排长

　　大家好，我叫阿斯哈尔·努尔太，来自南开大学，今天我想讲三个关于选择的故事。

　　我的父亲叫努尔太·安尼瓦尔别克，是一名反恐警察。1998年6月26日，在一场反恐战斗中，为了保护受伤的战友，他选择挺身而出，倒在血泊中。那一年，他29岁，而我只有2岁。我始终记得那一晚，母亲撕心裂肺的哭泣，紧紧地抱住我，告诉我父亲是个英雄。

阿斯哈尔·努尔太向父亲致敬

　　在我成长的过程中，周围人总跟我说，孩子，你要理解你父亲的选择。可说实话，我根本无法理解，不明白为什么他会做出那样一个危险的决定，似乎在选择的那一刻，母亲和我从来都不曾出现在他的选项中。所以我很少在他人面前主动提起我的父亲，但我却从来没有停止过对他的想念，从来没有停止过去理解他的选择。

　　2017年9月，我决定暂时放下学业去参军。进入部队前，习近平总书记给我们8名新入伍的南开学子回信，勉励我们在军营的大熔炉里淬炼成钢，书写绚烂、无悔的青春篇章。这给了我们很大的激励。进入部队后，每天我们都在为国家随时可能的召唤准备着，准备抢险、救灾、抗敌。我越来越渴望能有机会上战场，渴望像父亲一样去直面危险。

2018年7月，淮河抗洪形势严峻，部队接到命令全面备战抗洪，我摩拳擦掌，可就在发车前，我却发现出动名单中竟然没有我。

那一刹那，我内心只有一个念头：

请战，我，阿斯哈尔·努尔太，请战！

"报告！人民水深火热，我为兵怎可置身事外，愿请战，为人民为祖国请战！"

2018年7月阿斯哈尔·努尔太请战抗洪

在递交请战书的那一刻，我突然理解了父亲当年那个义无反顾的选择。那看似是一个瞬间的决定，可作为一个参加过四十多场战斗，追捕过一百三十多个罪犯的警察来说，这种抉择一定在他心里做过上百遍，父亲知道他的工作充满危险，但他早已做好随时为党和人民牺牲一切的准备。

退伍至今已经15天了，虽然离开了军营，但在夜深人静的时候，我还是时常暗暗地想，如果父亲能知道我做出这样的选择，一定会为我感到骄傲。"有国才有家"，爸爸，这朴实的道理，我真的懂了。

鲁迅先生说："有一分热，发一分光，就令萤火一般，也可以在黑暗里发一点光，不必等候炬火。"这是我的选择，也是越来越多年轻人的选择。现在我们的身边，越来越多的年轻人选择成为烈火英雄、成为人民警察、成为维和战士……我们以这样的选择来致敬英雄，也都在这样的选择中用实际行动证明：我们爱我们的国家，我们愿意中国变得更好，谁破坏祖国的美好我们都不会容忍！

扫码观看

继英雄遗志
开中国梦想

讲述人　柏采沅　现任天津外国语大学附属滨海外国语学校教师

　　1938年的一声枪响，打破了一个小村子的宁静，从四面八方涌来了无数日本侵略者，他们见人就杀，在侵略者的机枪下，铁骨铮铮的英雄们高喊着："中国人永不为奴！"奋起反抗。一个只有1岁的婴儿，眼睁睁地看着自己的父母倒在血泊里，她的啼哭声回荡在整个村子里。你们以为我说的是抗日剧吧？不！这就发生在我的村庄！我从小就听着这个故事长大，因为那个1岁的婴儿就是我的奶奶——这场战争的幸存者。后来奶奶被人收养，成为历史教师，她一辈子都无怨无悔地传播着中国的历史文化。

时代更迭，人们早已把和平看作理所当然，跟我一样，听着这个故事长大的爸爸却不愿让那些英雄无声地逝去，不想让这些故事埋没在历史里。爸爸说："时至今日，也许我们可以放下仇恨，但是绝不能放下对英雄的敬仰。"于是爸爸多次申请为英雄立起丰碑，终于政府特批了纪念馆，那天爸爸毅然辞去了工作，回到了小山村，建立纪念馆。还记得爸爸60岁生日时，我和姐姐不远万里赶回家，妈妈已经做好了丰盛的晚餐，这时有人想参观纪念馆，爸爸马上放下筷子，赶到纪念馆，当我看到爸爸在纪念馆神采飞扬地讲解那段历史时，我才明白，可能对爸爸而言，这

柏采沅的父亲去往纪念馆

才是最好的生日礼物。

我在成长，祖国在日益富强。2014年，我在南开大学读研究生期间，作为汉语教师走出国门。在韩国，我欣喜地发现，越来越多的韩国人在学习汉语，汉语甚至已经成为部分中小学的必修课。在讲台上，我骄傲地给韩国人传播着中华民族光辉灿烂的文明，告诉他们我们是指南针、

柏采沅的奶奶

柏采沅在课堂上为学生们讲课

印刷术的后裔，我们是圆周率、地动仪的子孙。

回国后，82岁的奶奶说："岁月稀释不了千年的文化传承，风雨遮挡不住我们自强不息的信念。孩子，我盼了一辈子，从没有一个声音像中国梦这样让我热血沸腾！"65岁的爸爸其实早已到了退休的年龄，却仍然每天骑着小摩托车，走过崎岖的山路，只为守着自己最爱的纪念馆。我知道奶奶老了，爸爸也老了，但我已经长大。2016年，在津沽大地，我成为一名教师，给学生们讲中华民族从来不缺爱国的民族精神。有精忠报国的岳飞，有"为中华崛起而读书"的周恩来，还有我们村宁死不屈的英雄。我给学生们讲今天习以为常的和平是无数英雄用生命铸就的，在升旗仪式上，学生们自豪而坚定地唱着国歌，庄严地望着国旗徐徐升起，从他们的眼神里，我清晰地看到了学生们对英雄的敬

柏采沅带学生们升国旗、唱国歌

意，对祖国的挚爱！

奶奶、爸爸、我，还有我的学生们，我们一代又一代，不忘历史，不忘英雄，薪火相传，砥砺前行。这样我们才能站在庄严的国旗下挺起胸膛，这样我们才能实现伟大复兴的中国梦，这样我们才能无愧地对世界呐喊"我骄傲，我是中国人！"

扫码观看

不负盛世年华
纵横万里海疆

讲述人 丁小满

现任天津市规划和自然资源局海域管理与预警监测处干部

大家好！我是一名新时代的海监人，维护海洋主权是我们的光荣使命和神圣职责。

记得我第一次参加维权执法任务，就和全副武装的某国军舰对峙监视长达四十余天。一次，我正在战斗值班，某国武装船突然气势汹汹地向我海监3015船逼来，企图侵犯我国管辖海域，最近距离不过两百米。驾驶台的气氛顿时紧张了起来，全船立即拉响战斗警报。指挥长看到对方在我国的海域上如此横行霸道，真

丁小满与海监3015船

想命令我们冲上去，但从大局角度考虑还是冷静了下来，命令喊话员向对方喊话："对方船只请注意，我们是中国海监，你已进入中国管辖海域，命令你船立即离开！"铿锵的声音在大海上空回旋，对方回答不上来，调头而去。这时我才发现紧握舵盘的双手上都是汗，面对对方船上耀武扬威的枪炮，我们全体队员一个

　　都没有退缩，因为我们知道，我们的背后是祖国！

　　返航途中，我有幸登上了永暑礁。以前礁上用竹竿搭起的高脚屋不见了，取而代之的是呈现在眼前的一排排整齐的营房，这一切都彰显着祖

丁小满登上永暑礁

国的强大和维护海洋主权的决心。在和守礁官兵的交谈中，他们朴实而又坚定的一句话深深地震撼了我："老祖宗留下的，一寸也不能丢。"那次任务，不仅让我亲眼看见了守护南海岛礁的艰辛，更让我懂得了，做一名海监人，要有与寂寞为伴的信念，乘风破浪的勇气，为国守疆的决心！

新中国成立70年来，中国海洋维权事业破浪前行，特别是1982年中国海监总队组建以来，我们的海上维权力量从弱到强——执法船舶的吨位越来越大，航速越来越快，续航力也越来越强。以前我们没有能力去捍卫的地方，现在有能力去捍卫了，我们要在全世界发出声音：中国的领土，一点都不能少！

海洋是改革的前沿阵地，见证着中华人民共和国一次又一次的迎难而上，破茧成蝶！中国，曾经由于闭关锁国跌倒在海上，现在也必将因改革开放而崛起于海上。

中国海监3015船在大东沟海域参加海洋维权执法任务

　　在我们最近的一次专项行动中，任务区所在的大东沟海域，也是甲午海战的战场，海图上，有一处标有沉船和炸弹碍航物的标志。那里就是"致远舰"沉没的位置。每次从它旁边经过，我多想拉响头顶的汽笛，来缅怀甲午海战的英魂。遥想那段辛酸而又刻骨铭心的历史，看着今天我们的编队浩浩荡荡地航行在这片海域，我内心充满了悲愤，但更充满了豪情和力量！两个甲子的轮回，今天的中国已焕然一新，今天的中国海洋绝不容他人欺凌，今天的中国海洋力量使我们有底气呐喊：犯我中华者，虽远必诛！

新时代，我们都处在改革的大潮中。作为海监人，我们必将勇立潮头、不忘初心、砥砺前行，将青春、智慧和汗水洒满这万里海疆，在这盛世中国，书写精彩的青春华章。

扫码观看

我骄傲 我是天津的一名"小巷总理"

讲述人 林则银 现任天津市北辰区瑞景街道宝翠花都社区党总支书记

大家好！我叫林则银，是云贵高原土生土长的布依族农家女。

2007年，我有幸成为天津市的一名社区工作者。2014年，我担任北辰区宝翠花都社区党支部书记、居委会主任。尽管算不上什么官，但上管婚丧嫁娶、下管鸡毛蒜皮，再加上我不是天津本地人，客观上存在的语言障碍，从事这个岗位真是难上加难。记得当时回老家，我弟弟就劈头盖脸地对我说："姐！你没有金刚

林则银带领社区党员志愿者开展社区卫生大清整活动

钻，就别揽瓷器活，你一个外地人，说普通话到现在还是大舌头，怎么跟居民打交道、处理问题呢？赶紧辞了吧！"一些居民话里话外地说："我们宝翠花都是高档商品房社区，凭什么要让你这么一个外地人来管我们呢？"看得出来，他们心里有点不服气。但我这人天生就有着布依族的倔强性格。我坚信，多为老百姓办实事、办好事，那指定错不了！

我是新官上任三把火，第一把火就烧向了环境治理。社区有一对老人，每天就以捡拾废品为乐趣，他们家屋里的杂物码到了房顶，屋外的破烂塞满了楼道，楼院门前更是乱七八糟。我一到社区，居民就情绪激动地让我尽快解决此事。为此，我专门找到与二老不常来往的儿子，让他去做二老的工作。随后，我组织了"守好家"巡逻队，每天用小喇叭宣传防火防盗知识，使安全意识深入人心，赢得广大居民的配合，最终我们成功清理了存积在社区多年的杂物。此后，我们又对社区进行全方位的改造，使社区成了一个大花园，居民们对我这个外来的居委会主任竖起了大拇指。

我的第二把火，烧向了创新便民服务。针对社区高龄和行动不便的老党员存在的集中学习难、集中开会难、集中过组织生活难的实际问题，为确保老党员学习不掉队，学习质量不下降，我把红色教育阵地直接搬到了居民楼道里，我把它叫作楼栋微党校，里面有电视、便民服务柜、邻里聊吧、妇女微家、党建书屋等。现在我们社区一共有18所微党校，平均每三个楼门就有一

林则银向社区居民宣讲党的二十大精神

个，等于把会议室和便民服务站直接搬到了居民的家门口。

　　我的第三把火，把新时代的社区治理烧到了居民的心坎上。现在的社区工作，光靠苦干蛮干是不够的，必须得动脑子，靠智慧，还得有专业的办法。十年磨一剑，2018 年，我提出的"13579"工作方法，成为天津市唯一入选全国十佳的社区工作方法，并在全国推广。值得一提的是，深圳、上海等一线城市的社区同行也来我们这学习。以前都是我们去跟人家取经，现在终于也能让他们主动北上，来看看我们天津社区的风采！

　　此外，残疾人通常被视为弱势群体，需要更多关爱，但我认为发掘残疾人自身潜能才是关键，于是我推行了"以残助残"的模式，鼓励残疾人参加义务巡逻、为老帮扶。如今，社区的九位残障人士每天都来问我："林姐，今天我能为社区做点什么呢？"每每听到这些，我都无比感动！因为我觉得，能够让这些原本情绪悲观的残疾青年找到他们自身的闪光点、存在的价值感，是我作为一名"小巷总理"最值得欣慰的事！所以我每天带着居委会的社工们，在这"婆婆妈妈、琐琐碎碎"的忙碌中，辛苦并快乐着！

林则银在社区五心亭倾听居民心声

　　诚然，工作中我有过委屈，流过泪水，更何况，突如其来的生活变故，让如今人到中年又远离故土的我，失去了家庭的支撑，每天一下班，凄凉就像冰冷的潮水几乎把我淹没。但我这一路走来，不知得到了多少父老乡亲们的帮助，所以我选择了勇敢和坚强。同事们都说我像打了鸡血一样充满激情和干劲。因为我深信，我的人生信条在这里得到淬炼，我的人生价值在这里得到升华。

　　在党的培养下，我相继荣获"诚信之星""全国百姓学习之星""天津楷模"、天津市"最美社工"等荣誉29项，还当选了天津市党代表和北辰区人大代表，我心存感恩、倍加珍惜。所以我骄傲，我是天津的一名小巷总理——我将无我，不负重托！

扫码观看

让一切皆有可能

讲述人　王慧　现任天津四方君汇律师事务所律师

　　大家好，我是来自南开区的王慧。在演讲开始前，我想请大家和我一起思考一个问题：如果遮住您的双眼，您还能自如地操作手机、顺利地接打电话、收发微信、准确地获知屏幕上的内容吗？

　　我想很多人的答案是三个字：不可能。甚至您会反问一句，这怎么可能？但今天我想告诉您，青春力量，让一切皆有可能。

　　我是一名盲人，小的时候右眼失明，左眼视力微弱。上普通

王慧在纪念《残疾人保障法》实施三十周年座谈会上发言

的学校，和视力正常的小朋友一起玩耍，貌似不可能。但凭着天生的豁达与乐观，我将"不可能"的"不"字擦掉，将它变成了可能。

考入重点高中，眼睛进一步恶化，即使戴上近两千度的眼镜，我也不能看清黑板。那时候，考大学似乎成了不可能实现的梦想。但我相信，只要肯拼，我一定行。最终如愿以偿，我考入了兰州大学。

大二的时候，我左眼仅存的一点视力也被无情地剥夺。奋斗是青春的底色，而失明则成了我昂扬斗志的助推器。双目失明后我不放弃，我用耳朵"看黑板"，继续着我的大学学业。因为心中有一种力量告诉我，这不叫"事儿"。而正是因为我没把它太当"事儿"，失明也就真的没成"事儿"。大学毕业典礼上，兰州大学的学位证书和胸前发光的党徽成了我青春纪念册中最有分量的一页。

毕业后的我因为眼睛的原因，求职屡屡碰壁，您可能想问，离开了象牙塔，进入更加现实的社会，失明的你应该感到过些许绝望吧？我想说，从始至终我的人生字典中就没有"绝望"这两

王慧当选全国第十届残运会火炬手

个字。失明只是让我的人生换了一种活法而已。心中的那股劲儿不但没有消退，还变得更强了。我要将这股劲儿传递给更多像我一样的盲人朋友。因为只要有了这股劲儿，我们就有了勇气与自信，能够展开隐形的翅膀，从容地飞跃残障的鸿沟。研发盲用软件，设立数码课堂，以创新为魂，用科技赋能，我和我的盲人伙伴一起用青春的力量冲破了黑暗的桎梏，去拥抱生命中的每一缕阳光。

在过去的十余年中，有很多让我感动的瞬间，也正是这些泪目的场景，让我觉得所做的一切都如此有意义。盲人朋友的有些困难，是健全人很难想象的。有一对双盲夫妻，无儿无女，他们

王慧在学雷锋日志愿服务活动中为残障人士解答问题

王慧在体验中心指导视障朋友体验智能设备

在跟我学会使用手机和电脑之前，生活中除了盲文和广播，再没有其他。在一次上门帮助他们维修电脑的过程中，他们说一到夏天，就为使用空调发愁，因为遥控器不会像手机和电脑这样发出语音提示。一旦到了夏天，他们就期盼着收水电费的人能早点来，好帮助他们调整下空调的各项功能。因为只有这时候，他们家中才有眼睛。这件事情刺痛了我。我意识到，用科技助盲这件事情，我要继续大踏步地走下去。于是，我创办了天津市第一家无障碍智能体验中心，用一套完备的智能家居解决方案，完美解决了双盲家庭操作空调等家用电器的问题。当他们能够自如地操作家中的电器时，我觉得这就是我一直以来奋斗的意义——通过自己的努力，去改变残障群体的生活品质。

今年5月，我有幸被授予"全国自强模范"的荣誉称号，当我置身于人民大会堂，被习近平总书记握住双手的那一刻，我突然感悟到了自己身上这股青春力量的源泉，这就是伟大祖国深沉而厚重的爱。

过去我经常在想，到底什么是青春？什么才是青春的力量？现在我有了答案，青春力量，就是那么一股劲儿，一股不服输的拼劲儿，是一次次将不可能的"不"字擦掉的劲儿。

"在打拼中演绎芳华，在奋斗中实现价值。"心中有梦，始终有"劲儿"，我们就能谱写出永不落幕的青春华章。

2021年
时代新人说——永远跟党走

扫码观看

小蘑菇撑开致富伞

讲述人 戴建良

现任天津市蓟州区出头岭食用菌产销协会会长

大家好，我叫戴建良，来自天津市蓟州区，是一个普普通通的农民。2021年5月28日，中国科学技术协会第十次全国代表大会在人民大会堂召开。作为全场唯一一个农民代表，我非常激动。也许大家很疑惑，我一个普通农民，凭什么能和两院院士坐在一起参加大会？这个故事，要从一朵蘑菇说起。

我的家乡是蓟州区的出头岭镇，三面环山，风景迷人。过去我是种苹果的，效益非常好，但2000年前后，南方水果大量涌入

105

戴建良在蘑菇大棚查看蘑菇长势

北方市场，我们的苹果产业受到了冲击，苹果也不好卖了，价格也低了很多，看着又大又红的苹果我几天吃不下饭。该怎么办？有一天，偶然间碰到给机场送蘑菇的亲戚，我想，飞行员都要吃蘑菇，营养价值肯定低不了，我种蘑菇行不行呢？我查阅了大量资料，决定就种周期短、见效快的蘑菇。但是只有方向，没有技术，怎么能行呢？于是我到天津师范大学进行了半年的学习，掌握了种蘑菇的理论知识，带着做好的菌种回到了村里，我要做给大家看！

第一批蘑菇种出来后，我带着乡亲们去大棚参观，把蘑菇分给大家吃，大家都说鲜蘑菇比干蘑菇味道好多了，也有乡亲当时就说想跟我一起干，不种苹果了，我就带着想干的乡亲们一起种蘑菇。村民从种苹果时的年收入两三万，到现在的年收入最高17万，可观的效益让更多的人加入了我们种蘑菇的队伍。我们成立了蘑菇产销协会，建立了党组织，吸引了9名党员加入协会，作为示范户带领群众种蘑菇。到2020年，我们出头岭的蘑菇大棚有两千两百多座，占地四千多亩。有句话说，"想采蘑菇，在天津要看蓟州，在蓟州，就看出头岭"。老百姓的腰包鼓了，脸上的笑容藏都藏不住，我也被村民们亲切地称为"蘑菇书记"。

戴建良在大棚指导蘑菇种植

2017年，天津市蓟州区与甘肃省天祝藏族自治县开展东西部协作对口帮扶。作为农民创业创新指导教师，我迫切希望自己能为脱贫攻坚贡献力量，把好的产业带到甘肃去，让更多跟我一样的普通农民富起来。于是我们马上到甘肃进行考察，发现那边温度、湿度等气候条件非常适合种植蘑菇。在当地政府的支持下，我们举办了三次培训班，在培训班里，大家虽然认真听，但问他们种不种，却都摇头。他们没种过，也没吃过，都在怀疑能种出来吗，我看在眼里，急在心里。于是我邀请了两个贫困户，说"您二位马上和我回天津，到我们的基地去看看，去学"。他们到了天津后，说"看到你们的日子和产业，感觉我们的生活水平差了20年"。我告诉他们，我们有现在的日子和产业，是我们干出来的！他们整天跟我吃住一起，不是在棚里，就是在菌种场，过了一段日子，学会了技术，我又为他们购置了菌种，给他们送去了原料，帮他们建起了大棚。我说："你们种出的这批蘑菇，我

戴建良为农民们讲授蘑菇种植知识

全部买下来，送给咱们甘肃的敬老院，让老人们尝尝咱们甘肃人自己种出来的蘑菇！"最后一次给敬老院送蘑菇，我也参加了，当时敬老院的一百多位老人拉着我不放手，感谢我，为我鼓掌，说过去吃过干蘑菇，从来没吃过甘肃人自己种的鲜蘑菇。那场景，我当时就流泪了。这两位贫困户种植蘑菇的成功带动了甘肃的乡亲们积极参与，到2020年，已经有两百多户村民种植蘑菇，有三百多个大棚，每个大棚的收益最少在两万五千元以上。看到甘肃的乡亲们脱贫，我比什么都高兴。今年4月，我们又到甘肃省古浪县，乡亲们拉着我问："我们脱贫了，你们还来吗？"我说："来！党的政策不会变，我们听党话，一定来。"今后，我也会更加坚定地践行共产党员的初心使命，为更多的人撑起致富的伞，为中国的乡村振兴做出自己的努力！

守得初心铸警魂

讲述人 **郝蕴超**

现任天津市公安局特警总队一支队五大队大队长

大家好！我是天津市公安局特警总队金鹰突击队的郝蕴超。打击犯罪、保护人民是人民警察的天职，特警是公安队伍中一支尖刀力量。这些年来，我和战友们参与了抗震救灾、海地维和、奥运安保、扫黑除恶等多项急难险重任务，一起在抗击疫情的第一线执勤，在维稳的最前线挥洒青春与汗水。

记得2017年6月的一天，我们受上级指派，执行扫黑抓捕任务，对方可能携带杀伤性武器。到达现场的时候，多名嫌疑人位

郝蕴超在突击攻坚前明确分工

置已被锁定，我们全副武装按照指示在抓捕地点的附近待命，随时准备出击。三个多小时，所有队员的精神高度集中，周围气氛异常凝重。指挥部一声令下，我作为抓捕组负责人拔出手枪，冲进房间："警察，别动！"就在嫌疑人愣神的一刹那，我身后的突击队员迅速扑了上去，在我们娴熟的配合下，不到两分钟，5名嫌疑人都被成功控制。后来，刑警战友和我们讲，从嫌疑人藏匿点的沙发和床下边搜出了多把砍刀和霰弹枪，枪已经上了膛。

金鹰突击队专门执行危急险重的特殊勤务，队员们精通射击、格斗、侦查、反劫持，个个都有过硬本领。我作为大队长，参与过几十起的抓捕、处置任务。2018年，一名5岁男孩被歹徒劫持，孩子撕心裂肺的呼救，父母掩面哭泣，战友表情凝重，现场气氛十分紧张。当时，特警狙击手已经就位，可是作为现场开枪口令员的我，内心却希望永远不要下达射击的指令。因为我知道，一旦开枪，虽然能成功处置罪犯，但将会对孩子的心理造成无法弥补的伤害，甚至会成为他一辈子的阴影。不到万不得已，坚决不能开枪！最终，负责谈判的战友把握住了战机，借起身送水之势，用血肉之躯扑向犯罪分子，奋力夺下凶器，成功解救了男孩。

"不惧不悔献青春，守得初心铸警魂。"成功不是一朝一夕，只有经过千百次的磨砺，才能挥出那制胜的一击。25年如一日，每天枪械训练不低于3小时，上万次的拔枪、瞄准、击发已让我形成了肌肉记忆。累计10万发子弹的训练量，已经让我可以在3秒之内完成拔枪、瞄准、射击，在15米内击毙犯罪分子。多年来，我先后参与国内外多项专业赛事，为天津公安争创佳绩，在2019年入选中国警察前卫射击代表队，在世界警察运动会上，同各国警察选手同场竞技，并获得一枚金牌、一枚银牌。

长时间的射击训练，使我患上了爆震性耳聋，持续不断的耳鸣让我的听力严重下降。儿子站在我旁边叫爸爸时，我经常听不清，不能在第一时间做出反应。医生

郝蕴超组织训练

告诉我，如果再从事这项工作，我的右耳很可能会失聪。但我无法离开我所热爱的职业和岗位，保护人民群众、匡扶正义的信念已经融化在我的血液里、生命中！即使有一天我因为身体原因不能再执行任务，我也要用我的所学为特警队伍培养出一个个百发百中、枪响靶落的神枪手！

矢志不渝——这四个字说出来轻描淡写，做起来重于千钧。千万次的刻苦训练，只为守护津城百姓平安。我们是搏击长空的雄鹰，是披荆斩棘的利剑，我们用一腔热血，兑现着不朽的誓言。在警旗面前，我们庄严宣誓，"对党忠诚、服务人民、执法公正、纪律严明"。有我们在，您可以安心！我叫郝蕴超，是一名人民警察！敬礼！

小岗大爱

讲述人

回江涛

现任天津市公交集团
619路驾驶员

大家好！我叫回江涛，是619路公交车的驾驶员。乘客们叫我"回师傅"、小朋友喊我"回大大"、志愿者们称我"回队长"，这每一个称呼，对我来说都特别的珍贵。

开了多年公交车，我有一个心愿，就是把平凡的公交车厢变成"公交头等舱"。于是，从2014年开始，在我运营的车辆上陆续出现了天津公交车厢人性化服务的三个第一：第一个设置公交车厢哺乳专座，为宝妈在公共场合哺乳提供了安心空间；第一个

优化出行服务 温暖特需乘客

推出助残出行预约服务卡，让需要使用轮椅的乘客从此爱上公交出行；第一个开辟 AED 急救角，当乘客突发心脏骤停时，在"黄金四分钟"内，能与死神竞速。可以说，"公交头等舱"体现的是一种不断探索、创新车厢人性化服务深加工的理念。

我印象很深的一位乘客是小海翔，他患有脑瘫后遗症，每天由奶奶艰难地背着他乘坐公交车去做康复治疗，每次我都会搭一把手，一来一回，我就成了小海翔的"回大大"。有一次他问我："回大大，生日蛋糕是什么，好吃吗？"当时，我的心被狠狠地扎了一下。原来，因为长期看病，孩子竟没过过一次生日。后来，在车队党支部的支持下，在"公交头等舱"的十米车厢里，我们为小海翔举办了一场特殊的十岁生日会，小海翔许下了能够站起

坚守十米车厢 让乘客"坐享幸福"

来的心愿。然而实现他的心愿，光是手术费就需要 1.2 万元，这对一个长期就医的农村家庭来说，就是一个天文数字。小海翔的爷爷无计可施，奶奶也难过得流下眼泪，懂事的小海翔明白家人的难处，就小声地说："算了……我不想治了……"得知此事，我暗下决心，绝不能让小海翔放弃治疗，于是我发起了"行走力量"的爱心帮扶倡议，在短短七天的时间里，为小海翔募集到了 1.5 万元的捐款。经过大家的努力，现在的小海翔身体已经基本康复，不仅站了起来，还如愿地上了学，被评为了优秀学生。

公交车厢是流动的空间，也是温暖的空间。记得一个夏天的傍晚，一位穿着旧式军装的老人下车时，因突如其来的降雨犯了难，于是我便把自己的雨伞递给了老人，并搀扶老人下车。当我走回驾驶室准备关门启车时，眼前的一幕让我怔住了！穿着旧式军装的老人撑着雨伞站在雨中给我敬了一个"军礼"，我当过兵，明白一个军礼的含义，这位老军人在雨中向我敬礼的那一刻，深深地震撼我的内心，更加坚定了我把爱心公益坚持做下去的决心。后来，我又买来6把爱心雨伞放在车里，不需要任何抵押，只靠人和人之间的相互信任，把爱心传递下去。让我意想不到的是，几年来6把爱心雨伞在风雨传递中，不但没有丢失，反而增加到10把、20把，因为有的乘客借走了1把伞，还回的却

回江涛被授予"天津市劳动模范"称号

是2把伞，爱心不断叠加。如今的100把爱心雨伞，增设到了更多的车厢，让更多的乘客在风雨中暖心出行。我把每一位爱心雨伞的传递者凝聚在一起，组建了"天津公交头等舱红十字志愿服务队"，帮助了更多需要帮助的人。

一名党员就是一面旗帜，车厢就是党旗飘扬的地方！驾驶员岗位虽然平凡但使命光荣，只要我们把乘客装在心里，大家乘车就会多一分安全。坚定跟党走的信仰，握紧手中的方向盘，我愿意做一辈子服务人民出行的公交驾驶员，把大家平平安安地送到目的地！

感动的瞬间

讲述人

孔令智

现任天津市河北区光复道街枫叶正红志愿服务队队长

大家好，我叫孔令智，来自河北区枫叶正红志愿服务队。曾经很多人问过我："孔大爷，听说您是位志愿者，那您具体都做哪些服务呢？"今天我就给大家介绍一下。

我从1964年上中学以后就开始学习理发，一直为大家提供理发服务，社区老人们称我是他们身边的理发员。然而我真正的"身份"是一名有31年党龄的老党员，一名资深的志愿者！

记得那是在2020年的4月，新冠肺炎疫情刚有好转，我接到

孔令智带领志愿者入户为高龄老人理发

了一个电话，对方问我能否去北辰区为社区的老人们理发，我便爽快地答应了。到了社区，我为一位九十多岁的老爷爷理完发后，他激动地拄着拐杖，转过身对着我深深地鞠了一躬，我立刻俯下身子将老人家搀扶起来："老爷子您可别这样，我是您的晚辈，为您服务是应该的啊！"这位老人对我说了一句至今让我记忆犹新的话："什么叫幸福？我已经四个多月没有理发了，找不到理发的地方，今天你们从河北区来到北辰区为我理发，又在疫情防控期间，你们帮我完成了'头等大事'，这就叫幸福！"

我最难忘的是2020年的11月12号，这一天是我们在养老院已经坚持近7年之久的助老理发日。就在这天清晨，养老院院长急匆匆地跑过来告诉我，二楼的尹大爷快不行了，就等着今天让我给理个平头，我听完立即跑到尹大爷的房间，"尹大爷，我给您理发来了"。老人见到我，侧着身子、面带微笑，哆哆嗦嗦地给我敬了一个礼。我一边为老人理发、一边与老人聊天："尹大爷您好好养病，下个月的12号我还给您理平头。"给尹大爷理完了发，老人家微笑向我致谢，这也是我最后一次给尹大爷理发。

我们的团队还有一项助残服务，就是将残疾人纳入我们的团队，由两位党员帮扶一位残疾人，带着他们参加志愿活动，使他们逐渐融入社会大家庭。我们这些党员都是他们编外的监护人，

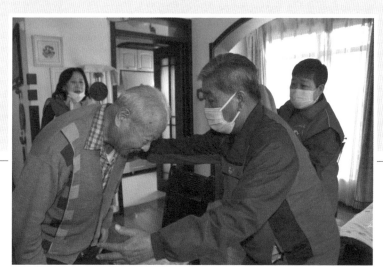

孔令智为行动不便老人理发后，老人鞠躬表示感谢

不但在生活上帮助他们，还在技能方面给予他们许多的辅导。比如，我帮扶的一位二级智障的青年人，他特别喜欢摄影，于是我用了8年的时间将他培养成为团队里专业的摄影师。2019年，小伙子获得了市残联摄影大赛的第三名，我为他感到骄傲和自豪。

其实，这样的小故事数不胜数，有人问我们"天天这样干你们累不累啊？"累，真是累！因为我们也都是老人了，不过我们年轻的老人去服务年长的老人，那就是收获，那就是快乐！通过我们的服务让老人们有一种获得感和幸福感，拉近居民与社区之间的距离，还有什么比这更快乐的事呢！作为志愿者，就是要弘扬志愿服务精神，为更多需要帮助的老人和残疾人带去快乐和关怀。

孔令智教一位患有二级智障的青年学习相机拍摄技术

扫码观看

爷爷的故事

讲述人 | 李 尧

现任天津市财政局后勤财务处干部

今天的故事，要从我的爷爷说起，18岁那年，他独自一人来到天津。21岁，他光荣地加入中国共产党，那一晚他兴奋得都没睡着觉。

1959年，爷爷的单位收到了支援西部的电报，他第一个报了名，在志愿书上写道："愿意扎根西北，为国家贡献青春。"他毅然放弃天津户口，把房子赠送给了有困难的同志，只身来到青海省金银滩草原。他住在破旧的帐篷里，吃野菜、啃树皮，饿得全身浮肿，纵使条件再艰苦，他都甘之如饴。

1960年冬天，零下四十摄氏度的严寒天气导致厂里输水管道冻住近百米，生产线被迫停工。爷爷和他的同事自告奋勇，穿上仅有的两套防水衣，进入管道深处奋力排冰。

李尧的爷爷（右一）与同事们

长时间在冰水中浸泡，彻骨的寒冷像刀子一样扎进了他们的体内，渐渐地被冻得失去了知觉。但他们突然发现，刨下来的冰无法被及时清出，又重新冻住，堵住了退路。两个人拼尽浑身的力气凿出仅一个人可以出去的小口，爷爷的同事拼命把爷爷推了出来，而自己却永远离开了人世间。爷爷一下子跪倒在地痛哭失声，他知道同事千里之外的家中还有个两岁的女儿没见过爸爸。由于当时工作要绝对保密，所以遗体就地火化，连遗照都没留下，爷爷也为此自责了几十年。

李尧的爷爷

爷爷工作的这个厂，正是我国第一个核武器研究基地，制造出了中国第一颗原子弹、氢弹，代号221。这也是我爷爷奋斗了一生的事业。

在那段异常艰难的岁月里，全家人谁都不知道爷爷去了哪里，也不知道他在干什么。在一个寒冷的冬夜，奶奶生产了，孤立无援的她，被迫让父亲幼小的身体冻了一夜，天亮了才在邻居的帮助下剪断了脐带，也使得爸爸小时候由于体寒经常生病。但这么多年，我从来没有听到奶奶、爸爸抱怨过一句，家里人都知道，爷爷不仅属于我们，像他那样千千万万的共产党员更属于这个国家！

1984年，国家颁发给爷爷原子弹成功爆炸的奖章，爷爷总是小心地拿出来端详，自豪地对家人说："我是一位平凡的共产党员，跟着党走，是我人生中最骄傲的事。"这一幕深深烙印在我的心中。

爷爷就是我对共产党员的第一印象——赤诚、执着、坚守。19岁，在大学里，我第一批加入了中国共产党，佩戴着这枚党徽，突然觉得自己离爷爷更近了些，拥有了和他一样的符号，拥有一个共产党人的符号，内心感到无比荣光。那一天，父亲激动地跪在爷爷的坟前，含着泪骄傲地说："爸，您的孙女长大了。"

22岁，我终于实现了自己从小的梦想，成为一名人民公仆，回到了爷爷梦想开始的地方，在天津扎下了根。虽然我现在的工作很平凡，但是在我心里早已种下一颗种子，我也要像爷爷一样在平凡中创造非凡，用青春和热血去拥抱这个伟大的时代。

李尧在岗位上工作整理档案

李尧爷爷的荣誉奖章

　　2020年，国家给奶奶送来了一枚庆祝氢弹成功爆炸的奖章，我又想起爷爷去世前总说的那句话："无论在哪里，我都要跟党走。"这两枚奖章让我懂得了爷爷的话，也让我与爷爷的心贴得更近。这两枚奖章鼓舞着我站在这个舞台上，与大家分享我的故事。

扫码观看

英雄

讲述人 孙 庚

现任天津市消防救援
总队八大街消防救援
站政治指导员

"我很高兴我成为一名消防战士，虽然没有武警们的机枪和一起出任务的警车，但我们有保卫人民的水枪和出生入死的战友。"

这是写在战友日记本里的一句话，入伍的那一年他18岁，牺牲的那一年他19岁。离家时还是个孩子，归来，却是人民的英雄。

"英雄"二字，字字千钧。

2016年12月30日，国家授予我们至高无上的荣誉，我们这支

八大街消防救援站参与2021年"5.31"河北沧州南
大港储油罐爆炸事故救援现场

队伍也从此有了不灭的番号——"灭火救援英雄中队"。我们的荣
誉是在战场上取得的,而只要是战斗,就总有牺牲,总有危险,所
以老百姓也把我们称为"逆行者",但逆行不是不怕,而是不能怕。

半个月前的一次跨省增援,五天四夜,百里驰援,我们从三
千米外的区域就能看到熊熊燃烧的油罐,而第一天晚上,我们就
在这个油罐的正下方!说实话当时怕吗?怕!危险吗?危险!上
不上?必须上!让党员上,让"灭火救援英雄中队"上!

燃烧的油罐把天都照亮了，随时都有爆炸的危险，架起高喷车、支起移动炮：手中是紧握的水枪，左右是出生入死的战友；前边是火焰，身后还有党和人民；火魔，英雄中队，来战！记不清现场发生了几次爆炸、沸溢，丢失的阵地又抢了回来，反复数次，我们的靴子陷在了原油中，拔都拔不出来；我们的衣服都被烫坏无法使用；队员的脚都泡烂了，不能走路；但攻坚、隔离、冷却、灭火，信仰让我们坚持到了最后。

有人问我什么妆最美，火场上的烟熏妆呗！看着这群在疲惫

八大街消防救援站参与2019年"4.30"天津港
硅铁集装箱轰燃事故救援现场

中微笑着睡在马路边上的小伙子们，我们的人民怎能不爱？把守护的重任交到我们手中，又怎能不放心？"英雄的集体"都是铁打的消防卫士。

"做让党放心，让人民满意的钢铁卫士"，这句话也正是2018年1月15日习近平总书记给八大街中队全体指战员的回信中对我们的要求，我们牢记在心。

还有一起艰难的塔吊救援，面对冰冷的钢架，我们队员的手脚就在塔吊上逐级的攀登，足足有100米高。高空之上，气温极低，救援通道宽度不足50厘米，寒风吹过，脚下临时搭建的通道一直在晃；头晕目眩，我们的队员眼睛只敢盯着被困群众，一步一步向前靠近，每一步踩下去心里都是一阵颤动。万一突然起风了怎么办？万一被困人员情绪激动踢掉通道怎么办？万一失足掉下去怎么办？7米的生命通道，是我们遇到的最漫长的一段距离，因为每一个万一，我们都承受不起！

3个小时的救援，当我们把被困群众救下来的时

孙庚日常组织训练

孙庚与队友执行夜间保卫任务

候，获救群众躺在担架上激动地拉着我们的手说："谢谢兄弟们，等出院了，我请你们哥儿几个吃饭。"这句话让我们紧张的心瞬间暖了起来，钢铁卫士不就是要把咱老百姓当自己人吗？钢铁卫士，不就是要在老百姓最需要的时候挺身而出吗？

没有人天生是"英雄"，消防员也只不过是一群平凡的孩子，但穿上战衣，为人民而战，我们就变成了钢铁卫士！从"橄榄绿"，到"火焰蓝"，我们使命在肩，初心不改，当我们穿上这身衣服的时候，就想到了要出生入死，就想到了即使是牺牲也要倒向着火的地方！

我们是中国"火焰蓝"，我们是党和人民的"钢铁卫士"！

扫码观看

"船"承初心

 讲述人　张宇彤　现任天津东疆海事局干部

大家好，我是来自天津东疆海事局的张宇彤。

跨越中国共产党的百年历史，红船精神历久弥坚，它是共产党人初心启航的地方。而我，自从加入了海事队伍，就与"船"结下了不解之缘。我们是海上的"卫士"、船舶的"医生"，我们的使命就是在每一次乘风破浪的保障和惊心动魄的救助中，让每一艘船舶都安全航行，让每一个远航的人都能平安回家。

2020年的大年初一，那天一早，我的心都提到了嗓子眼，因

137

东疆海事局海事执法人员升海事旗

为正在驶向天津的歌诗达·赛琳娜号邮轮上多人发热，请求营救。

由于邮轮载客量大、空间密集封闭，再加上中央空调和排水系统是相通的，一旦出现疫情，极易扩散。船上是4806名旅客和船员，有老人、有孩子，那么多的骨肉同胞正处在危险之中。

在这样的情况下，我们既要保护"一座城"，也不会放弃"一艘船"。为了守住海上这第一道防线，我们的"海巡0204"立即冲向了现场进行警戒和监护，同时协调直升机运送样本。

在岸上的指挥室里，我们紧张、快速地应战。分析邮轮物资补给，研讨船舶污水排放，因为一旦有人感染，那么他的生活污水排放将会通过海水造成疫情的进一步传播。我们丝毫不敢懈怠，一遍又一遍地细化应急处置方案，为每一种可能做好预案。

24个小时，17份样本检测的结果均为阴性，直到护送旅客全部平安下船，这场惊心动魄的应急处置才圆满结束。在这场专业和耐力的赛跑中，作为一个亲历者，和同事们一起逆向而行，我感到很自豪。

　　我第一次见到一个生命被大海吞没是一艘砂石船因与一艘杂货船发生碰撞而沉没。事故发生时，船上的一个小伙子正在船舱中睡觉，他的母亲则在甲板上，拥有最佳的逃生机会，眼看船要沉了，母亲的本能让她冲进船舱去救儿子，突然一个浪打过来，海水就把整条船给吞噬了，只剩下一根桅杆，孤零零地露在海面上。后来，那个小伙子砸碎了船舱的窗户侥幸逃了出来，我清楚地记得他跪在我们面前，声嘶力竭地反复求我们，让我们救救

海巡船编队在海上巡航

东疆海事局工作人员开展水上安全知识科普教育活动

他的妈妈，她可能还活着。我们拼了命地搜寻那位母亲的踪迹，然而生命的奇迹并不总是会发生，我们救出了小伙子，却再也看不到他们母子相拥的画面。

干我们这行都有个职业病，就是一旦刮风和下雨，我们就睡不踏实，因为这样的天气，海上出现险情的概率就会增加。在陆地，七八级的大风，可能我们只会站不稳，而同样的风力在海

东疆海事局海巡船护航邮轮进港

上，掀起来的涌浪会有四五层楼那么高。在这样的风浪下，即便万吨巨轮，也是一叶扁舟，是真真正正的大海里捞针。

当我真正亲历了这些，我才能理解风浪来临那短短几秒背后意味着什么。我们这份职业承担的是一个特殊的使命，那就是让每一只白帆都能勇敢地追逐星辰大海，让每一次漂泊的远航都能平安归来，让小家的安康与国家的壮美在大陆和海洋中反复交替，相互生辉，这就是我们对红船精神最执着的传承和坚守。不忘初心，我们"船"承向前。

2022年

时代新人说——强国复兴有我

扫码观看

蓝焰荣光

讲述人

董旭男
现任天津市消防救援总队梨园头消防救援站副站长

崔利杰
现任天津市消防救援总队临港消防救援站站长助理

崔利杰：

大家好，我叫崔利杰，2003年入伍，是来自天津消防基层队站的一名消防员。

我当兵是因为从小就崇拜有血性的英雄，所以19岁的时候就怀着一个英雄梦参军入伍，成了一名光荣的消防卫士。

董旭男：

大家好，我叫董旭男，2015年入伍，一开始我当兵是幻想着全副武装，钻战车挎钢枪，可进了队伍才发现，天天坐的是消防车，抱着的是冷冰冰的水枪。

崔利杰：

在我换上迷彩服的那一刻起，我的目标就是要成为战场上最锋利的尖刀！

从新兵、到战斗员、再到战斗班班长，无论是日常训练还是灭火救援，我都全力以赴，不断积累战斗经验，练就强健体魄，努力成为最强的消防战士！

董旭男：

而我的每一天都是中规中矩地完成本职工作，令行禁止，不出挑，不落后，好像从没有思考过自己究竟想要成为一个怎样的人，想要做好一件什么样的事。直到有一天现场聆听了崔班长的英雄事迹，我的眼神中才逐渐有了光芒！

董旭男救援被困人员

崔利杰：

2019年1月1号，我辖区一座百米塔吊突然断裂。塔臂断开，塔身严重倾斜，有两名工人被困。

我们赶到现场时发现，百米高空中塔吊已经严重变形，随时有再次坍塌坠落的危险，根本无法从塔吊底部向上进行救援，只能从塔吊旁边的工程楼楼顶迂回前进。

我们迅速组成10人突击队，由我带领，背着五十多斤的救援装备，一步一个台阶，向着这座37层楼高的工程楼楼顶进发。

董旭男：

众人爬到楼顶借着照明灯和望远镜，观察到两名被困工人，

在距地面垂直高度大概90米的地方。一人左膝被重物砸断，血流不止；另一个身体多处骨折，无法动弹。

而此时突击队员所在的工程楼距离断裂塔吊仍有七米之远，崔班长当机立断决定就地取材，利用堆在楼顶的工具搭建了一个简易的通行桥梁，可是望着这摇摇晃晃没有安全保障的临时通道，大家又陷入了沉默。

崔利杰：

"我有经验，我过去！"

当我小心翼翼地踏上这个宽度不足50厘米并且处在风口的通

崔利杰参加天津"11.11"临港铁路段K4+300米处坍塌抢险救援

道时，每往前挪动一小步，钢管就往下塌一点点，身体禁不住地一阵晃动，这时心里不由得在想："这要是掉下去，我家里可怎么办！"但险情就是命令！

我迅速调整状态，稳住心神。回头一看，我的队友们纷纷涌上前来死死压住通道的一端，拼尽全力帮我把这条临时通道绷得笔直。终于，在众人合力之下我顺利到达了塔吊倾斜的塔身之上。

董旭男：

崔班长在接近被困人员后立即对其进行包扎止血，并且加固了救援通道。

然而做好这一切之后，又一个难题摆在了他的面前——怎么把被困人员转移到救援通道上？

被困人员由于失血过多，意识已经模糊，嘴里不停地嘟囔着老婆、孩子。

崔利杰：

"师傅！你先冷静一下，听我说，我是消防员，我来救你了，你的心情我能理解，我也有老婆孩子，我大女儿才3岁，小女儿才几个月大，咱俩现在是绑在一块儿了，不瞒你说，我干消防都有16年了，你这样的事遇到的太多了，你看！对面，我的队友、

董旭男练习绳索救援技能

你的工友，还有'120'都在，下去就能把你的腿接上！你要有信心，天津消防带你回家！"

听完我说这些话，我发现他眼神中渐渐有了光，这是对我的信任，对活下去的渴望。最终在他们的配合下，我利用绳索技术将他们成功转移到工程楼楼顶，圆满完成救援任务。

董旭男：

听过班长的救人经历之后，我不禁扪心自问，自己是否有这样的体能和绳索救援技能，能够应对如此极端复杂的救援任务，从学校毕业，成为一名消防指挥员，我的身上是不是有了不同的责任和担当？

那一夜，我久久难眠，我想起了父亲的谆谆教诲，想起了老师的授业解惑，想起了崔班长的英勇无畏。

崔利杰：

小子，消防员要有信仰、有灵魂，不为别的，就为了对得起自己的心，对得起每一个生命。

我们这批人会老，基层一线需要新鲜的血液，而你们正是国家的需要，也是我们的骄傲。

董旭男：

就是这样，在班长的影响下我的基层生活也有了努力奋斗的

董旭男在火场参与救援

方向。

崔利杰：

2022年2月10日凌晨2点13分，某小区发生火灾，且报警人员被困失去联系，消防站全车出动，奔赴火灾现场。

到达现场后利用门控技术破开大门时才发现，由于报警时间较晚，滚滚浓烟持续向外蔓延，一时间无法进入，站长当机立断，命令小董和一号员，迅速开辟第二内攻通道。

董旭男：

架梯、登墙、破拆、越窗、出枪，我和我的战友做着已经训练过百次的动作，快速从侧翼进入房屋，可刚进入屋内的瞬间，高压感、紧迫感、无助感猛的顶上了头皮，面罩结起的霜雾导致视线消失、内部声音嘈杂无法辨别方向，高温、低压让人神情恍惚。

床下？没有！桌底？没有！厕所？也没有！

随着时间一点一点地流逝，火场内部高温的持续烘烤、指挥中心的一道道救人命令，让我们的心情万分紧张，握紧了手中的热成像仪加速前行。

崔利杰：

最终他们在火点附近的隔间内发现了被困人员，一人抱起伤员，一人水枪掩护，双人合力在火光交错之间以最快的速度撤了出去。完成救援任务且伤员仍有生命体征！

董旭男：

时光总会在我们挥洒汗水间悄悄溜走，在我任职后这整整一年的时间里，我和战友们一起灭过厂房大火，救过落水群众，劝过轻生少年，鏖战过16个小时的农场救援，转运过整夜的疫情物资装备。

背着空气呼吸器、带着水枪进入火场，我恐惧过、慌乱过，但是从来没有退缩过，一次次的经验积累，一次次的

崔利杰在北京凤凰岭国家救援基地培训

董旭男为消防员讲解救援知识

战胜恐惧，我知道我已经适应了从消防员到指挥员这个身份的转变，我的身上有了更多的责任和担当！

崔利杰：

年轻一代的传承者已然出发，扬起手中的号角，荡起飘扬的风帆，在猎猎作响的国旗下。

董旭男：

传承信仰，扬帆起航，为实现中华民族伟大复兴的中国梦贡献青春力量，彰显我们的青年担当！

请祖国放心，请人民放心！

扫码观看

寒风中的一抹志愿红

讲述人　**王泊珏**　现任天津市静海区唐官屯镇大郝庄中学教师

大家好，我是"00后"青年志愿者——王泊珏。

2022年1月15日，在凛冽的寒风里，和平区迎来了第三轮全员核酸。"太冷了，冻死了""太慢了，怎么还不到我，一会儿还得上班呢"……很多人都被坏情绪感染了，而我想用自己的方式让大家的心情由阴转晴——演奏大提琴。

2022年初，天津迎战奥密克戎，接到区里的通知，我第一时间到岗，负责信息采集。冒着三九严寒，我的手上只戴了一副薄

王泊珏在民园广场为参加大筛的居民演奏大提琴

薄的乳胶手套，一干就是五个多小时，录入了一千六百多人的信息。手套上结满了冰晶，我的手也冻得生疼。拉琴的人都特别爱惜自己的双手，但当时顾不了那么多了，"疫情不去，服务不减"，我是一名志愿者，就要对得起那抹志愿红。

说到志愿者，我这身红马甲已经穿了14年啦。从6岁开始，我就是天津电视台的小嘉宾。每次录完节目，总会收到一些好玩的玩具，看着它们我在想，能与谁分享这份喜悦呢？后来爸妈带着我来到了天津市儿童福利院，把玩具送给了这里的小朋友们。让我印象非常深刻的是一个身患重病的五六岁的小男孩，他头上光光的，戴着小口罩，也不说话，一直拽着老师的衣角不松手。我把一辆小汽车送到他手里，他胆怯地向后躲，眼神里写满了紧张。老师告诉我他是个患有白血病的孤儿。我带着小朋友唱歌、做游戏，他始终一个人在角落里摆弄着那辆小汽车。当我要走时，他拽着我的衣服，问："你还来吗？"当我第二次去的时候，却没再见到他。当时我比他大3岁，现在，我比他大17岁了。

这份遗憾触动着我幼小的心灵，像是在我心里埋下了一颗种子。从那时起，我想用我自己的方式去帮助更多的人。当时也不知道什么叫志愿者，只是感觉这是在做好事，就这样，我坚持了14年。

2015年5月，我来到了河北省青县的一个福利机构，看望那里的孤儿。一进门，有个特别爱笑的小孩吸引了我的目光。他看起来只有一两岁，但是小脑袋瓜特别大，大到坐起来脑袋坠着往后倒。我摸摸他的头，握握他的小手，温柔地跟他说话，他却始终呆呆地看着我。他患有先天性侏儒症，其实已经4岁多了。我说的话他都能听懂，只是他没法正常地给我回应。陪伴孩子们的时间总是那么短暂，一眨眼几个小时过去了，走的时候，我特意和他说再见。他哭得停不下来，一直拽着我的辫子不撒手。老师过来抱着他跟我说，他妈妈病逝前特意把这孩子送到这来的，他妈妈跟你一样辫子长长的，他可能把你认成他妈妈了，舍不得你走。我愣住了，看着那双泪汪汪的大眼睛，每一滴眼泪都滴到了我内心最柔软的地方。

王泊珏在垃圾分类公园带小志愿者们参加学雷锋活动

14 年志愿服务的经历，让我和很多这样的孩子们结下了不解之缘。我越来越热爱公益这份事业。真正的热爱是会触动生命的，这份触动也感染着更多人加入我们的队伍。2019 年，我们成立了自己的志愿服务组织——银河公益，截至目前，已经吸纳志愿者2463 人，服务时长 257769 小时。

王泊珏在新疆支教

　　时代各有不同，青春一脉相承。作为新时代的中国青年，我们生逢其时，重任在肩，施展才干的舞台无比广阔，实现梦想的前景无比光明。今年，我大学毕业了，光荣地成为一名"三支一扶"的支教音乐老师，承担着立德树人的神圣使命。我将在新的岗位上，用音乐的力量，滋养祖国的花朵，让他们如同朝阳，积聚能量，在青春的赛道上奋力奔跑！

扫码观看

温暖进万家

讲述人 徐西岳 现任国网天津市电力公司蓟州供电分公司高压试验班班长

大家好，我是国网天津市电力公司蓟州供电分公司的徐西岳。2021年中秋的晚上，我和爱人去爬府君山，拐过一道弯，就看到西井峪村像散落在山里的星星一样，就那么安安静静又热热闹闹地躺在群山环抱之中。

现在在蓟州北部的大山里，青山绿水，民宿林立。可就在几年前，还完全不是这副模样。一到冬天煤烟漫天，沉沉雾霭下的村庄弥漫着挥之不去的刺鼻味道。

蓟州供电公司员工对山区线路开展高温巡视

　　而在 2018 年冬天，这种取暖方式彻底退出了历史的舞台！同年 9 月，如火如荼地"1001 工程"开始了！

　　我的师傅于德双，是"1001 工程"中万千奋战在一线的建设者之一。快退休的他现在回忆起来，依然是满脸的兴奋与自豪，仿佛又回到了那场与时间赛跑、向极限挑战的战役中。

　　山区施工困难重重，很多野山根本没有路，别说进驻大型工具，连人爬上去都很困难。于师傅就带着几个人，一边手脚并用地往上爬，一边吃力地把三百来斤的绞磨机抬上去。我们在下面把电杆与牵引绳固定好，抬头看着师傅站在十几层楼高的陡峭山路上，把电杆拉上去，心都提到了嗓子眼儿。大家被汗水湿透的衣服一会儿被山风吹干，一会儿又重新湿透。

为了让乡亲们赶在供暖前用上电，于师傅几乎吃住都在工地，63天，574根杆，2.7万千米线路，终于顺利通电！而我们，只是这场战役中普通的一员。

"10月2号，10千伏官东212线路送电！"

"10月14号，金碧110千伏变电站2号出线送电！"

"10月27号，大官场村低压线路改造送电！"

"清池岭村送电！""莲花院村送电！""闻家庄村送电！"

终于，在这个冬天，全区11个镇321个村8.4万户村民实现了全电取暖！

"大山里行走的红马甲"服务队队员
在帮扶产业园开展春耕春灌电力设备安全检查

2021年1月7号，蓟州区气温降至零下22摄氏度，刷新了天津市近三十年来的最低温度。

于师傅照例穿上厚厚的棉服，带着我入户检查线路。

一进村民张洪领家，扑面而来的温暖立刻包裹住我们。

"嚯，大爷，真暖和呀！"

"来来来，炕上坐！哎呀这比生炉子好一百倍！踏踏实实睡觉，再不用半夜顶着北风填炉子了，也不担心煤气中毒了！电费有优惠，我们都放心地使。好，真好呀！"

2021年，是中国共产党建党100周年，值此重要的历史时刻，"1001工程"历时3年全面竣工。这场津沽大地上掀起的大建设浪潮，无异于再造一座天津电网！"北海虽赊，扶摇可接。"

"大山里行走的红马甲"服务队队员对鲜花基地开展安全用电检查

正是因为有了这些可敬可爱的人，一座座铁塔拔地而起，一条条线路横跨群峦。电能涌动，穿山过水，天堑通途，灯火璀璨。天津还是原来的天津，但天津又的确已是全新的天津！

也正是这场战役让我们发现，我们能做的还远不止于此。

因为经常需要入户检查线路，我们和村民也逐渐熟络了起来，时间长了，我们发现，他们有不少烦恼、操心的事儿。下营镇桑树庵村的李大爷靠卖山货为生，受疫情影响，他的山楂和苹果大量滞销。看到满地的烂果子，我们心里很不是滋味，想帮帮李大爷。想来想去，我们决定试试直播带货。

第一次直播前，我们做了大量的准备工作。让我们没想到的是，直播一开始，反响就非常热烈，大家的购买热情很高，一筐又一筐的苹果不停地从地窖里搬上来。负责装袋和过秤的队员们很快两只手就冻得通红，但是没有一个人抱怨，没有一个人喊累，只要一想到能帮李大爷多争取几单、多赚一点钱，大家心里

"大山里行走的红马甲"服务队队员
为困难户开展蓝莓销售直播活动，解决蓝莓滞销难题

就热腾腾的，浑身充满干劲！当我把直播所得的4883元钱交到李大爷手上时，他双手摸着信封，激动得说不出话来。

后来我们这支助农小分队，将直播带货作为我们常态化的志愿服务项目，参与的志愿者也越来越多。西红柿、草莓、香菇、玉米、黄瓜，哪儿的农产品愁销路了，哪儿就能看见红马甲的身影。看着乡亲们的笑脸，我真为他们感到高兴，这种帮助别人的感觉真的太幸福了！

幸福，什么是幸福呢？我们电力人的幸福在黎明铁塔下，在灯火阑珊处，是盛夏小朋友在空调下吃着冰激凌，是大家暖和和地过个好年。我们的幸福，就是看到有那么多的人，因为我们而更幸福。

扫码观看

"绿屏"铺展的
红火日子

讲述人　于爱澍　现任天津市西青区融媒体中心记者

碧水蓝天绿满乡村，鸟鸣蝉噪空谷回音。绵延的万亩林海与万亩稻田随风涌动，一幅林、田、湖、海，人与自然和谐共生的美丽画卷，正在津沽大地上徐徐展开。

大家好，我叫于爱澍，是西青区融媒体中心的一名记者。刚才我们看到的一碧万顷来自天津绿色生态屏障的主战场之一——王稳庄镇，而故事也要从这说起。

五年前的王稳庄是一座名副其实的"钉子镇"，镇上15个村一千四百多家钉子厂杂乱无章地穿插在民房中间，全国一半以上的钉子都来自这里，鼎盛时期，产值更是超过了50亿。乡亲们的钱袋子鼓了，但急剧恶化的生态环境给当地未来的发展埋下深深的隐患。

2017年初，我接到了治理工业围城的采访任务，采访对象是在王稳庄合开钉子厂的一对兄弟，人称"钉子兄弟"。起初，"钉子兄弟"对采访非常抵触，厂门紧锁。我们只好蹲点等候，打电话，唠家常，慢慢地他们卸下防备，打开厂门，也敞开了心扉。

两个人回忆，打记事起，耳边就充斥着叮叮当当的声音。别看镇里有大片的农田，但种地的人很少。街坊邻居和亲戚们，有开厂的、打工的、拉货的、维修的……总之，都跟钉子有关。

"钉子兄弟"说的一点也不夸张。翻阅当年的备案记录，开厂的手续只要有营业执照和银行账户就可

昔日"钉子兄弟"的家庭作坊

以。厂房承载量、排放量、环境影响评估、检验报告等内容毫无记录。在当时，家家点火、户户冒烟就代表着地方经济繁荣。谁也不会想到，十几年后，"水红天灰"的这里成了人们最不想来的地方。甚至有句顺口溜："好女不嫁做钉郎，要嫁得有镇外一套房。"

"钉子小镇"只是工业围城的一个缩影。天津人口多，生态底子薄，大量消耗资源、不顾环境后果的粗放型发展必然成为生

现在的独流减河

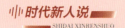
态难以承受之重、民生难以承受之痛。"钉子兄弟"深深叹息，"这钉子，扎心了"。

发展在哪？出路又在哪？

2017年5月，天津市第十一次党代会明确提出，大力推进绿色发展，把"绿色决定生死"写入报告。拔掉

于爱澍采访西青区袁隆平粳稻培育中心

170

王稳庄镇这颗锈迹斑斑的"钉子"，势在必行，刻不容缓。

我们跟随执法大队日夜排查，面对村口放哨、夜间偷偷生产等各种阻力，全镇干部开始包村分片，24小时不间断巡查。个别严重的，开始断水、断电，清设备，清原材料。壮士断腕，不到3个月，包括"钉子兄弟"在内的八百多个产能落后的小作坊全部关停。

治标更要治本。当务之急是明确未来发展方向。用"钉子兄弟"的话说，拔出钉子，连着血带着肉，哪儿能不心疼呢。乡亲们期待浴火重生，挺直腰板鼓起腰包。

2018年，市委、市政府以巨大的勇气、魄力和担当，决定在津沽大地736平方千米的黄金发展走廊上建设天津绿色生态屏障。西青区绿色生态屏障被确定为八个重点片区之一。王稳庄镇通过"一企一策"的办法，将产能好、实力强的企业搬迁到国家级工业园，同时退渔还湿，建立生态养殖；实施大绿快绿，提升人居环境；改良盐碱地，培育优质水稻，重振小站稻辉煌。

让人一时富裕的钉子没了，但让人长久富裕的"绿屏"扎根生长，遍地开花。随着"绿屏"不断铺展，昔日的"钉子小镇"重现繁荣。

央企、国企、国家粳稻中心等都选择到这里扎根，国家级智能网联车封闭测试场拔地而起。卖掉旧设备，承包80亩稻田的

"钉子兄弟"，短短一年就赚了二十几万，订单还排到了下一年。"钉子兄弟"变成了"稻子兄弟"。当年丰收节，我们与央视合作进行直播，稻田画火了、"稻子兄弟"火了，点绿成金的王稳庄镇更是成了全国上下争相学习的样板。只要人在青山在，盐碱地一样长出金疙瘩。

　　"绿屏"改变了环境，更改变了人们的发展理念，越来越多可持续发展新产业萌芽破土。2021年，王稳庄镇开始创建全域旅游示范镇，腾出的制钉厂房经过改造提升，建成了绿色生态屏障展览馆。同时，镇里建起了数字乡村，稻田景观房与智能社区珠联璧合，让便捷的高品质生活走进寻常百姓家。

绿色生态屏障俯瞰

于爱澍采访提升改造后的现代制钉厂

生态兴则文明兴，环境优、产业旺、文化兴、商贸富，一个个充满着"津音""津味""津韵""津情"的发展故事在"绿屏"间接连上演。而我一定会继续用自己的眼睛、脚步、镜头，守护这片充满魅力的土地，和乡亲们一起，感受"绿屏"铺展出的红火日子！

扫码观看

坚守

讲述人

任再龙

现任天津市公安静海分局王口派出所民警

　　大家好，我叫任再龙，来自静海区的一个基层派出所。6年前，在我参加工作的第一天就认识了我的师父，他叫刘军，是一个有着23年刑侦经验的老民警。在我眼里，师父太酷了！研判追逃、大案要案，他总是冲在第一线；而当面对老百姓，他却又铁汉柔情，总是有太多的不忍心、放不下。他的从警生涯里写满了惊心动魄又充满温情的刑侦故事。

　　2016年，静海区发生了一起劫持人质案件，一名男子因为感

刘军指导研究案件

情纠纷持刀劫持了自己的妻子，接到报警后师父带着我火速赶到现场。此时嫌疑人正站在墙角下用刀抵住人质的脖子，情绪十分激动。为了稳住嫌疑人的情绪，师父果断对他展开了心理战术。"把她杀了，你母亲怎么办？你看，她在后边看着你呢！"此刻，歹徒的心被精准击中，他转头望向人群中的母亲，握刀的手也微微放松。师父看准时机，一个箭步冲上去死死抓住嫌疑人手腕，我也紧随其后，压肘、别臂、上铐，将嫌疑人成功制伏。我一回头才发现，师父右臂上被刀划破了一条大口子。而他却只是简单包扎后转身又奔赴下一个警情现场，他告诉我："穿上这身警服，就要对得起这身衣服，要让生活在这个城市的老百姓有安全感，咱民警的脚步就不能停。"

为了这个承诺，从警28年间他奔波的脚步就没停过。一个个案件侦破的背后，总是有师父顾不上吃饭、顾不得休息的身影。2017年初，师父经常出现腹痛甚至是便血的情况，大伙儿提醒他去检查，他总是轻描淡写地说："放心吧，我没啥事，等忙完这个案子我一准儿去。"检查的时间被一拖再拖，直到2017年7月，在连夜抓捕一名命案嫌疑人后，师父突然感到剧烈的腹痛，在被紧急送到医院检查后，等到结果却是"肝癌，晚期"。

刘军查看卷宗

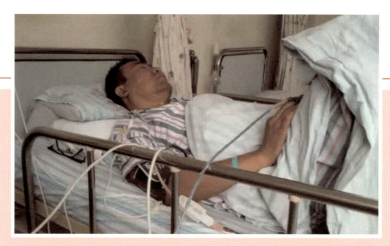

刘军在医院接受治疗

大夫说:"已经是肝癌晚期,没有必要手术了。"

这是我记忆中师父第一次停下奔忙的脚步。

有一天在整理衣服时,那件许久未穿的警服一下刺痛他的内心,他像捧着"宝贝"一样把它重新穿在身上,对着镜子,抚摸着胸前那枚陪伴了自己28年的警号,转身对妻子说:"我想活下去!但如果我走了,请让我穿上这身警服,也请把我的骨灰撒在子牙河大桥下,那是我曾经战斗的地方。"

师父以顽强的毅力连续接受了两次大手术,病情刚得到控制，他就再次回到工作岗位。接下来的5年，他边工作边治疗，先后经历了6次手术、32次化疗、9次放疗，他一次次被推进手术室，又一次次站了起来，连医院的大夫都说，刘军的生命就是一场奇迹。

与病魔斗争的经历，激发了他更强大的毅力和斗志，他的精神也感染着身边的每一位同事，激励着整个队伍的干劲。2021年，他负责的刑侦和禁毒工作破案数量同比上升了一倍多。

今年4月，由于肝部继发性恶性肿瘤，在经历了长达9个小时的手术之后，他被切除了右半肝和胆囊，死神依旧没有带走他，他还继续奋战在我们身边。

刘军（左）与任再龙（右）合影

5月25日，全国公安系统英雄模范立功集体表彰大会在北京召开，本该到现场参会接受习近平总书记接见的他，只能躺在病床上看着电视屏幕，聆听总书记的重要指示，那一刻，师父激动得哭了……市委主要领导在得知师父的事迹后，也专门作出指示，要求一定要尽全力治好刘军的病。

这就是我的师父。我暗下决心：一定要练就本领，努力成为像师父那样的真英雄、大英雄。这些年，在师父的教导下我也先后被评为基层执法标兵、天津市优秀人民警察！

赓续血脉、薪火相传，在天津公安这支队伍中，还有很多像刘军一样默默坚守的平凡英雄！警旗下的那一抹蓝色，总是出现在每一条街道上，每一个社区里，每一次百姓最需要的时候。他们用青春和热血忠诚履行着人民警察的神圣职责，护佑着津城百姓的平安！

扫码观看

弘扬工匠精神
建功伟大时代

讲述人 成卫东

现任天津港第一港埠有限公司拖头队副队长

大家好，我叫成卫东，来自天津港集团有限公司。我是天津港数万名港口工人中的普通一员。

说到天津港，我想大家并不陌生。它始于汉唐，兴于当代。如今，天津港作为天津的"硬核"优势，早已和这座城市的兴旺发展紧密相连，连续多年跻身全球港口前十强。

1998年9月，19岁的我来到天津港第一港埠有限公司，成为一名光荣的港口拖车司机，一干就是25年。每天打交道最多的，

成卫东指挥拖车

就是那些穿梭在码头货场运输货物的拖车。它长20米，宽3米，是一个不折不扣的"大家伙"。如何灵活驾驶这些"大家伙"，每天完成近万吨货物的运输，成为我上班后遇到的第一个难题。当时为了研究这拖车，我都着了魔，吃饭的时候，把饭碗看成拖车，在两个筷子之间通过，找运行轨迹；扫地的时候把扫帚当成拖车，观察转弯角度。工作中，拖车操作的每一个循环在大家眼里无非就是卸货、装车、运输等，但是在我眼中它却是一个精细的动作分解过程，我把整套动作分解成了四十多个要素，挂几次挡，转几次头，这里边都是学问，每一个小动作我都能做

到精掐细算、分秒不差，作业效率提高
了16.7%。这是个什么概念呢，相当于一
个班次下来，我要比其他人至少多拉几
百吨的货物。如果所有司机都有这个效
率，那么公司每天就能多运输一万吨。
除此以外，我还有一个小绝活儿，就是
练就了用左右脚都能够熟练驾驶拖车的
技术，到现在为止还没人能超越，同事
们都亲切地叫我"天津港拖车王"。

进入新时代，伴随着天津港的蓬勃
兴盛发展，一线技能人才迫切需要转型
成为知识型产业工人。这就要求我们不
仅要会驾驶，还要勤学习、懂技术、会
创新。所以我几乎把所有的时间和精力
都投入到新知识的学习和新技术的钻研
上。事非经过不知难，成如容易却艰辛。
为了解决生产技术难题，我们经常几天几
夜不回家，大家一起从头开始啃、从头开
始干。

2019年1月17日，我们怀着无比激
动的心情迎来了习近平总书记视察天津

港，总书记勉励我们："要志在万里，努力打造世界一流的智慧港口、绿色港口。"这一殷殷嘱托深深打动着我们每个人的心，给了我们强大的精神动力。经过长期的研发试验，2021年10月17日，全球首个"智慧零碳"码头在天津港正式投产运营，吸引了全世界的目光。这其中，最亮眼的就是人工智能运输机器人。

面对这个机器人，集团领导交给了我一项特殊任务，就是让我给它当"师父"。这可把我难住了。带徒弟我不怕，这些年我带出的徒弟，早就在各自岗位上挑起了大梁。但是让我给机器人当"师父"，这绝对是个不小的挑战！这就是我的新"徒弟"——人工智能运输机器人，外形和我开的拖车差不多。这个"徒弟"其实挺牛的，可以说是"智慧零碳"码头众多高科技的集中体现，它能够自动实现厘米级的精准定位，而且能够不知疲倦地保持全天候最佳状态作业。尽管这个"徒弟"的天赋很高，但是我觉得它还缺少灵魂。来到了码头货

成卫东给人工智能运输机器人"当师父"

天津港"智慧零碳"码头

场，什么时候该减速，什么时候该变道，如何选择最佳的行车路线，很显然它还是个"门外汉"。这个时候，我20多年的工作经验和"操作法"就有了用武之地。

我把多年研究的四十多个动作详细地提供给了程序员，程序员经过翻译编入程序写成指令反复测试，"徒弟"们灵气十足，一学就会，现场作业效率不断攀升。人的经验技能和智慧科技深度融合，我又找到了一条科技创新发展的新路子，这些年，我带领团队完成了200余项技术创新，荣获38项国家实用新型专利，为企业创造经济效益6000余万元。站在"智慧零碳"码头的廊道

上，看着一个个集装箱从堆场到智能水平运输机器人，从智能加解锁站到岸桥，实现着全球最高水平的无人自动化操作，我心潮澎湃，对未来的天津港更加充满期待。

天津因港而兴，因港而长兴。乘着党的二十大东风，我将和身边数万名港口工人一起，踔厉奋发、勇毅前行，以"天下港口，津通世界"的胸怀，早日把天津港建设成为世界一流绿色智慧枢纽港口，让天津这个社会主义现代化大都市更加繁荣美丽！

蓬勃兴盛天津港

扫码观看

用成功向祖国报告

讲述人　孙晓峰

现任航天神舟科技发展有限公司测控科技部部长

今年的 10 月 31 日，在海南文昌发射场，中国空间站梦天实验舱由长征五号 B 遥四运载火箭托举升空，约 495 秒后，舱体与火箭分离，顺利进入预定轨道，发射取得了圆满成功。经过约 13 个小时的飞行，梦天实验舱与核心舱组合体完美对接，至此，中国空间站"T"字形主体结构基本建成！

大家好，我叫孙晓峰，是中国航天科技集团五院天津基地空间站测控团队的一员。我们团队全程参与了梦天实验舱的研制任务，见证了我国空间站建设的这一关键胜利。

但我们这个团队在成立之初，仅仅是一个替补团队。之所以说是替补，是因为空间站的研制是"千人一支箭，万人一颗星"的系统工程，需要全国各地的科研人员协同攻关。

为了确保任务万无一失，天津基地成立了本地化的测控团队，作为核心测试人员的替补。

即便是当替补，我们也丝毫不敢懈怠，白天学习理论，晚上实操训练，在不占用型号研制主线时间的情况下，熬夜

天津基地的空间站测控团队人员合影（右三孙晓峰）

加训、加练，用不到3个月的时间完成了原计划1年的训练任务，全员通过了上岗考核。

2020年初，新冠肺炎疫情突如其来，外省市的很多科研人员无法按计划来到天津，但此时正是空间站研制的关键冲刺时期，所有测试工作都是按小时倒排计划的，每停一天，都需要重新梳理流程，对后续验收、出厂、转运、发射等工作的影响都是巨大的。晚发射一天，万众期待的中国空间站的建成就要推迟一天！

空间站上的电缆

怎么办？我们上！天津基地的空间站测控团队站了出来，向组织表达了"用我必胜"的决心，但是这决心的背后是巨大的压力！因为测试工作是空间站出厂前的全面体检，时间紧、任务重、责任大！

今天，我带来了一根空间站上的电缆，像这样的电缆，每个舱段都有上千根，光插头就有近万个，我们的测试，就是要确保每一根电缆和每一个插头在高温、低温、真空、辐射等各种恶劣环境下都不能发生问题。

当年美国的"挑战者"号航天飞机失事，就是因为一个O型的密封圈，在低温环境下失效，导致燃料泄漏爆炸，造成了7名宇航员遇难。咱们中国的空间站配件，绝对不能带着问题出厂！

但是像这样的零部件，在咱们空间站上有几十万个！

有一次，当我们向空间站发送"热控自锁阀全部打开"的指令时，有几个阀门迟迟没有响应，在更换备份指令后，阀门依旧无法打开。我们的心都提到嗓子眼儿，气氛瞬间就紧张了起

孙晓峰执行检测空间站的任务

来，因为如果热控分系统失效，空间站的温度就会失衡，很多设备就会停机，那后果将是致命的。

热控分系统有近百个阀门，几百条管路分布在舱体周围，我们的测试人员需要一个一个阀门、一条一条管路进行排查，这难度就好比在偌大的足球场里找一个乒乓球，通过几个小时的紧张排查，发现原来是某个自锁阀的电缆插头损坏，导致阀门无法响应。更换完插头之后，一切都恢复了正常，我们也都长长舒了一口气！

此时，东方已经发白，一晚上也就这么过去了……像这样的测试，我们是日复一日，年复一年！

紧张且高强度的脑力工作，让我们这群航天人看起来可能比同龄人更成熟一点。我记得，有一次孩子跟我说："爸爸，你怎么比别的同学的爸爸长得老啊，有那么多白头发。"我一时竟不知道怎么回答。

其实，我才刚刚35岁。

总有朋友问我，后悔干航天这行吗？我总是会摇摇头。

比起那些"牺牲在戈壁滩，长眠在青山里"的航天先烈们，我们的付出又算得了什么呢？

2022年10月31日，梦天实验舱成功发射，当"舱体顺利进入预定轨道"的消息传来时，我们激动地抱在了一起，流下了幸福的泪水！这不仅仅是我们的骄傲，更是海河儿女的骄傲，因为中国空间站的诞生地就在我们脚下！

今年，中国空间站建造任务将全面完成，中国将正式进入空间站时代。回眸中国航天人30年来的筚路蓝缕，风雨兼程，从当初被16个国家拒绝加入国际空间站项目，到如今突破了层层技术封锁，实现了嫦娥揽月、北斗组网、祝融探火、天宫筑梦！

一次次托举起我们中华民族的尊严，挺起中华民族脊梁的，正是这种勇于登攀、敢于超越、淡泊名利、默默奉献的载人航天精神。

　　实践再一次证明，只要我们矢志不渝的自主创新，勇攀科技高峰，就一定能够不断标注航天事业发展的新高度，就一定能够逐梦更远的星辰大海。

附录

平凡的力量

——《时代新人说》主题曲

1=A 4/4
♩=85

李超、水心 词

周勇先 曲

0 5 5 5 3 3 3 2 2 1 | 5 6 1 1 2 1 1 0.5 | 6 1 1 6 1 1 | 6 1 |

清晨傍晚大 街小巷 人来人往, 追着光越山岗, 一颗

3 2 2 1 5 5 5 | 0 5 5 5 3 3 3 2 2 1 | 3 5 6 5 5 5 0.5 |

心渺小而倔 强。 用力怀抱着 最初的 你的炙热, 迎

6 1 1 6 1 1 6 1 | 6 5 6 5 6 5 0 || 2/4 1 2 3 5 5 | 4/4 5 6 6. 1 6 5 5 6 |

着风踏着浪, 信仰 执掌 前方。 你是平凡的, 坚持即强

3 - 5 3 3 1 2 | 2 0 2 2 2 3 5 6 | 3 0 1 1 1 2 2 3 5 6 |

者, 你是温暖的, 双手抚慰着生 活。 管他苦痛还是快乐,

6 0.1 1 1 1 1 6 | 6 5 5 5 3 3 1 2 | 2 0 2 2 2 3 5 6 6 | 6 - - 0 |

向世界 大声高 歌, 让故事诉说, 感动生命那一刻。

X X X X X X X X X X X X X X X X X X X X X | X X X X X X X X X X X X X X X X |

这是我们的时代, 新人自有新的姿态, 面对 未知的未来, 大声向世界表白。 故事每天

X X X X X X X X X X X X X X X X X X | X X X X X X X X X X X X X X X |

都在发生, 虽然平凡却不普通, 素昧平生 产生共鸣, 危难时刻 向前冲。 世上有

X X X X X X X X X X X X X X X | X X X X X X X X X X X X X |

一个我 一个你, 我们把彼此 连在了一起, 加了水 和了泥, 从此完美了 我和你。

X X X X X X X X X X X X X X X X X X X X | X X X X X X X X X X X X X |

人的一生 什么是意义, 不需要华丽, 不用很霸气,

X X X X X X X X X X X X X X X X X X X | 2/4 1 2 3 5 5 |

富足了内心, 对得起自己, 脚踏着实地, 说话有底气。 你是平凡的,

4/4 5 6.6 1 6 5 5 6 | 3 - 5 3 3 1 2 | 2 0 2 2 2 3 5 6 | 3 0 1 1 1 2 2 3 5 6 |

平凡而独 特, 你是温暖的, 点燃城市的星火。 所有希望一定值得,

6 0.1 1 1 1 1 6 | 6 5 5 | 5 3 3 1 2 | 2 0 2 2 2 3 5 6 6 | 6 - - - |

在每个 日升日 落, 用故事打磨, 时代最真的颜色。

后　记

　　《时代新人说（2018—2022）》由中共天津市委宣传部统一组织，全市各区、各系统、各单位大力支持、密切配合，市委宣传部宣传教育处、天津人民出版社有限公司选派骨干力量精心做好编辑出版工作，为宣传时代新人先进事迹、弘扬时代精神作出了重要贡献，在此一并表示感谢！

　　由于时间和水平所限，书中难免还有疏漏和不妥之处，敬请广大读者批评指正。

本书编写组

2023年10月